विदा होती बेटियाँ

विदा होती बेटियाँ

ओम प्रकाश

प्रलेक प्रकाशन

ISBN : 978-93-58695-69-4

पहला पेपरबैक संस्करण : 2025

प्रकाशक

प्रलेक प्रकाशन

PRALEK PRAKASHAN

(An Imprint of PRALEK PUBLISHING HOUSE PVT LTD.)

702, जे/50, एवेन्यू-जे, ग्लोबल सिटी

विरार (वेस्ट), ठाणे, महाराष्ट्र-401303

दूरभाष : 7021263557 Whatsapp : 9833402902

Email : pralek.prakashan@gmail.com

Website : www.pralekprakashan.com

Delhi NCR Office Address:

Address : 03/C, GYAN KHAND-4,

INDIRAPURAM, GHAZIABAD,

UTTER PRADESH,

PINCODE: 201014.

Mobile : 7021263557

विदा होती बेटियाँ : ओम प्रकाश

Vida Hoti Betiyan : Om Prakash

आवरण : प्रलेक स्टूडियो

पुस्तक सज्जा : प्रलेक स्टूडियो

परम पूज्य माँ-बाबूजी को
जिनकी संवेदना ही मेरा साहित्य है

अनुक्रम

समय-समाज की दृष्टिसंपन्न संवेदनाएँ

कवि ओम प्रकाश के कवि रूप को पहली बार ठीक-ठाक से इस संग्रह की कविताओं के माध्यम से जानने का सुखद अवसर मिला है। इस अवसर के लिए विशेष रूप से मित्र और प्रख्यात अनुवादक राजेंद्र प्रसाद मिश्र तथा प्रलेक प्रकाशन के स्वामी जितेंद्र पात्रो को श्रेय जाता है। बाद में स्वयं कवि ने भी ध्यान दिलाया कि उनसे पहले मिला जा चुका है। खैर! प्रारंभ में ही संग्रह की कविताओं के बारे में उत्साहवर्द्धक लिखा पढ़ा—"ये कविताएँ समय और सच की सारथी हैं और समाज के बदलाव की पूरक भी। ये कविताएँ आम आदमी की आवाज बन मुखर हों तो सार्थक सिद्ध हो सकेंगी।"

कविता की सहज सम्प्रेषणीयता और पठनीयता ने इस संग्रह की कविताओं को एक-दो बैठक में ही अबाध पढ़वा लिया। मुझे व्यंग्य और दर्द से भरपूर कविता 'जब तुम लिख रहे थे कविता' ने कविता की सही जरूरत के इस परोक्ष पाठ से सहज कविता की ताकत के भरोसे से मिलवा दिया—

"जब तुम लिख रहे थे कविता
आत्महत्या कर रहे थे किसान
बलात्कार हो रहे थे बहू-बेटियों के
कत्लेआम हो रहे थे धर्म के नाम पर
पर तुम्हारी कविताओं में नहीं था कोई दर्द।"
"तुमने जो लिखना चाहा
तुम लिख ही नहीं सके
सत्ता की धार में बह गईं

तुम्हारी अर्थहीन कविताएँ
मुर्दे की तरह।"

इसके साथ ही एक और कविता 'कविता' के शीर्षक से स्वयं सामने आ खड़ी हुई, भयावह समय में एक कवि की जुझारू चुनौती का ध्वज उठाए—

"वक़्त के बहरेपन में/ मुझमें मर रही हैं/ कविताएँ/और एक कवि में/कविता का मर जाना/हमारे समय का/ सबसे ख़ौफ़नाक सच है।"

कवि के सरोकारों को सीधे-सीधे समझने और आत्मसात करने के लिए कुछ और अच्छी और विशिष्ट कविताओं को भी पढ़ा जाना चाहिए, जैसे भूख, आग, एक कवि का जाना, विचार, हे प्रभु, आत्महंता आदि। यहीं संग्रह की कविताओं की इस खास विशेषता का भी जिक्र करना जरूरी है कि यह कवि प्रतिरोध का कवि है, लेकिन प्रतिरोध के शोर की नहीं बल्कि प्रतिरोध के रचाव की शैली अपनाता है। मेरे आशय की पुष्टि के लिए बतौर नमूना 'बोझिल पंख' कविता को पढ़ा जा सकता है।

संग्रह की कविताओं के अनुभव की दुनिया वैविध्यपूर्ण है। कवि निगाह, जहाँ-जहाँ भी विषमता, क्रूरता और प्रतिकूलता आदि नकारात्मक्त सच्चाइयाँ है, वहाँ-वहाँ गई हैं। वह चाहे जेंडर (नन्हीं सी चिड़िया, बुज़दिली, अपाहिज मानसिकता, स्त्री आदि) की हो या वर्ण (अछूत आदि) की या फिर वर्ग (छोटे लोग, दूसरा जीवन, तमाशबीन समाज, मज़दूर आदि) की हो। कवि की महीन अनुभवात्मक समझ आज के समय को प्राय: मनुष्यता विरोधी पाती है। वह पाती है कि आज ऐसा समय है जिसमें सभी अच्छी चीजें वक्त से पहले विदा की जा रही हैं। कविता 'मनुष्यत्व' पढ़ी जा सकती है जो सुंदर भी है और सशक्त भी। इसी के साथ कविता 'चीख' को भी पढ़ा जा सकता है। अच्छी बात यह है कि क्रूर सच्चाइयाँ इस रूप में चित्रित हुई हैं कि वे अवसाद या निराशा की ओर न ले जाकर संघर्ष और आशा की ओर जाने को प्रेरित करती हैं। एक कविता का तो शीर्षक ही है-'उम्मीद है'। कवि ने अपनी एक कविता 'मछलियाँ' का अंत एक ताकतवर आशा से ही किया है—

"मछलियाँ/ जिस दिन मगरमच्छ का/ शिकार होने से बचना सीख लेंगी/ मिलकर लड़ना सीख लेंगी/ उस दिन मछलियों के इतिहास में/ मगरमच्छ/ दुम हिलाते नजर आएँगे।"

यही नहीं, 'जिजीविषा' कविता में तो मनुष्य को, अपने तमाम क्रूर घेरों को काटकर अपनी सच्ची ताकत को पहचानने की समझ भी दी गई है—"अजीब-सा शख़्स रहता है मुझमें/कि जितना मेरे शब्दों का/गला घोंटते हैं बेरहम/ उतना ही मेरे

शब्द/फौलाद बनकर/ फिर-फिर छा जाते हैं अंतर्मन पर।" इस प्रसंग में 'मुक्ति' कविता भी एक ज़रूरी कविता बन कर आई है।

संबंधों के जुड़ाव और उसकी सकारात्मकता का ताप महसूस करना हो तो संग्रह की माँ, पिता और प्रेम केंद्रित कविताओं को पढ़ा जा सकता है, जैसे पिता, पिता के सपने, माता-पिता, माँ का अकेलापन, विदा होती बेटियाँ, प्रेम पत्र, प्रेम आदि। इनके अतिरिक्त दो कविताओं, 'एनटीपीसी हूँ मैं' और 'जे.एन.यू में प्रेम' का अपना महत्त्व है।

मेरा विश्वास है कि पाठक इन कविताओं में वह सब कुछ पाएँगे जिसकी उन्हें ज़रूरत है और जिसके वे आज के समय में हकदार भी हैं।

शुभकामनाएँ।

—दिविक रमेश
पूर्व प्राचार्य, मोती लाल नेहरू कॉलेज, दिल्ली
एल-1202, ग्रेंड अजनारा हेरिटेज, सेक्टर-74, नोएडा-201301
मो. 9910177099

विदा होती बेटियाँ : मानवीय मूल्यों का उदात्त चित्रण

'विदा होती बेटियाँ' ओम प्रकाश का यह संग्रह भारतीय सामाजिकता के भीतर से, एक खाली केनवास पर पहले-पहल जीवन के विविध रंग भरने का, संवेदनात्मक उपक्रम है। नरेटिव्ह फार्म में कुछ जीवन यात्राएँ, कुछ प्रसंग और रिश्तों की नमी के चित्र हैं। माँ, पिता, बेटियाँ, परिंदे, मछलियाँ, मज़दूर,जगहें और स्त्रियों का यथार्थ समय संग्रह में धड़कता प्रतीत होता है। इस धड़कन के मूल में प्रेम है। यह प्रेम इंसानियत की सिम्त है।

इस क्षरण काल में जबकि भाईचारा, सामूहिकता, आपस के दु:ख-सुख के मानी बदल रहे हैं तब कवि उन्हें बचाने के संघर्ष में बना रहता है—"हे प्रभु /आँखों में सपने देना/तो उन्हें पूर्ण करने का साहस भी देना/ताकि बोझिल पंख लिए/विदा होने से बचा सकूँ ख़ुद को।"

कविताओं में करुणा के सुर गूँजते सुनाई देते हैं। एक गहरे आत्म स्वीकार का नैतिक साहस भी अभिव्यक्त है मसलन—"विदा होती बेटियाँ/कभी-कभी/हमेशा के लिए भी/विदा हो जाती हैं।" बेटियाँ विदाई के साथ आँगन की धूप, मंदिर की घंटियाँ, बचपन, आँसू, चूड़ियों और पायल के स्वर सब छोड़ जाती हैं और किसी गुमसुम उदास रात में 'चाँद' की तरह डूब भी जाती हैं। यह करुणा स्त्री जीवन के अनेक आयामों को समेटती है। इसका विस्तार अन्य सच्चाइयों में होता है। 'सुशांत' कविता युवा पीढ़ी को संबोधित है। इसमें विस्थापन की मजबूरी को लेकर दर्द का अलग सच है—"सुशांत/यह अपने घर लौटने का दौर है/काश तुमसे सीखकर/लौट आएँ/वो सभी सुशांत/जिनका महानगरों में होना/कोई ख़ास मायने नहीं रखता।"

कविताओं में चीजों, नातों, भावनाओं, विचारों आदि को बचाने की एक अव्यक्त हांटिंग पुकार है। इसे हम मनुष्यता की पुकार कह सकते हैं।

लेकिन वह आसान नहीं। कवि के शब्दों में—"सबसे कठिन है/कठोर वक़्त में/ख़ुद को सरल बनाए रखना।"

कविता संग्रह में आज के समय-समाज में आज़ादी पर बढ़ते अंकुश, शब्दों के दुरुपयोग, अन्याय, विकास के वहशीपन, विचारों की दुर्दशा, झूठ का बढ़ता साम्राज्य,भूख,अकेले होते जाने का दु:ख, बुज़दिली आदि पर इशारे और हस्तक्षेप के प्रयास हैं। कवि खुली आँख लिए बदलते समय का गवाह है।

शुभकामनाएँ।

लीलाधर मंडलोई
पूर्व निदेशक, भारतीय ज्ञानपीठ
+919315305643
+919811291188

जीवन और समाज को देखने की भिन्न दृष्टि

सुपरिचित कवि ओम प्रकाश दो दशक से अधिक समय से कविताएँ लिख रहे हैं। उनका पहला संग्रह 'विदा होती बेटियाँ' एक ऐसे समय में प्रकाशित होकर आ रहा है जब स्त्रियाँ और अन्य वंचित कविता के केंद्र में आ गए हैं। हालाँकि इस संग्रह की सभी कविताएँ स्त्री अथवा बेटी विषयक नहीं हैं। विषयों की भरपूर विविधता इस संग्रह में आसानी से परिलक्षित की जा सकती है। ओम प्रकाश के पास जीवन और समाज को देखने की अपनी दृष्टि है। वे 'वादों' से परे जीवन और समाज में गहरे धँसे कवि हैं। वे हड़बड़ी में भी नहीं हैं और यह बात उन्हें भीड़ से अलगाती है। इस संग्रह की पहली ही 'हे प्रभु' शीर्षक कविता प्रार्थना के शिल्प में प्रतिरोध की तीक्ष्ण इबारत है। कविता की अंतिम पंक्तियाँ देखें—

हे प्रभु
कहने को तो
यह जीवन भी एक खेल ही है
जीवन के इस खेल में
खुद को हारकर जीतने से
कहीं बेहतर है
खुद को जीत कर
हार जाऊँ मैं
जीती हुई बाज़ी

ऐसी कविताएँ गहरी आत्मालोचना से जन्म लेती हैं। आत्ममुग्ध कवि के लिए

ऐसा लिख पाना सहज नहीं होता। पिता पर कविता लिखते हुए भी यह कवि पिता को महानता के किसी खाँचे में नहीं बाँधता। वह देवी—देवताओं से मनौती माँगते पिता का पारदर्शी आचरण कविता में विन्यस्त करते हुए मनुष्य होने की गरिमा का आख्यान रचता है। इस कविता में पिता की जीवन यात्रा का सहभागी बनने का प्रसंग इसे अधिसंख्य लोगों से जोड़ देता है। इस संग्रह को पढ़ते हुए यह महसूस करना सहज है कि इन कविताओं में अपनी जड़ों के प्रति गहरी आसक्ति है।

किसी भी कवि के लिए बेटियों पर उल्लेखनीय और भिन्न किस्म की कविता लिखना सदैव एक चुनौती की तरह होता है। एक नया प्रतिमान गढ़ने की तरह। किसी भी तरह का फॉर्मूला उसे एक औसत रचना में बदल देता है। इस संग्रह की शीर्षक कविता फॉर्मूलों का प्रत्याख्यान करती हुई कविता है। भाव और विचार के रसायन से सृजित आधी आबादी का सच। यह कविता सामाजिक संरचना की भी एक सशक्त आलोचना प्रस्तुत करती है। इसकी अंतिम पंक्तियाँ दुलारी धिया, रानी धिया कहके पुकारी गई बेटियों की नियति को रेखांकित करने के साथ ही हमारे समाज का वास्तविक चेहरा भी दिखाती हैं—

> विदा होती बेटियाँ
> कभी-कभी
> हमेशा के लिए भी
> विदा हो जाती हैं।

ये हृदयविदारक पंक्तियाँ हैं। हमने कैसा समाज बनाया है जिसमें बेटियों के लिए 'लौटना' जैसा क्रिया पद ही नहीं है। ओम प्रकाश बिना शोर किए हमारी आत्मा के रसायन में परिवर्तन की प्रभावी कोशिश करते हैं।

ओम प्रकाश की कुछ कविताओं में प्रेम की उम्मीद अपनी पूरी नमी के साथ जीवंत हो उठी है। 'प्रेम' शीर्षक कविता पढ़ते हुए केदारनाथ सिंह याद आए। इस कविता में प्रेमी दुनिया को प्रिय की निगाह से देखना चाहता है जबकि अब तक इसके विपरीत होता आया है। यह परिवर्तन जेंडर के प्रति बदलती दृष्टि का भी परिचायक है। कवि के रूप में ओम प्रकाश की आवाजाही जीवन और समाज के कोने अंतरों तक है। वे प्रेम का विस्तार मजदूर की मुक्ति में भी खोजते हैं। वे एक मजदूर की ओर से बोलते हुए विश्वसनीय लगते हैं—

> लालकिले की प्राचीर से मैं ही गूँजता हूँ
> मैं ही अनसुना रह जाता हूँ संसद में

मेरे ही सपने बेचकर उगाई जाती हैं रोटियाँ
मैं ही बासी रोटी की तरह
फेंक दिया जाता हूँ कूड़ेदान में।

इस संग्रह की कविताओं में 'घर' एक बृहद अर्थ के साथ उपस्थित है। कवि उन लोगों की बेचैनी को पकड़ने में सफल हुआ है जो घर पहुँचने की लालसा से भरे हैं लेकिन लौट नहीं पा रहे। वे अपनी उम्मीदों की गठरी को विदा करने की पीड़ा से भरे लोग हैं। यह कवि का एकल अनुभव नहीं है। इसमें समाज का अनुभव शामिल है। पिता और माँ अलग-अलग संदर्भों में इन कविताओं में बार-बार आते हैं। कभी माँ शब्द की अर्थपरिधि का अनुसंधान दिखता है तो कभी पिता के अधूरे सपनों का पुत्र की पुतलियों में समा जाना। इस कवि को अपने पूर्वज और अग्रज कवियों की तरह इस बात का गहरा बोध है कि सबसे कठिन है प्रेम बचाना।

इस संग्रह में एक कविता है—'जे.एन.यू. में प्रेम'। यह कविता उन लोगों को नास्टेल्जिक बनाएगी जिनकी धमनियों में अब भी जे.एन.यू रक्त की तरह बहता है। वे लोग इस कविता के दरवाजे नहीं खोल पाएँगे जो मीडिया द्वारा बहुप्रचारित जे.एन.यू को ही जानते हैं। रूमान से लबरेज़ इन पंक्तियों में प्रेम का उजास है—

जे.एन.यू के पार्थ सारथी रॉक से
जब कभी भी देखता हूँ
दूर तक फैले हुए जे.एन.यू को
तो जे.एन.यू तुम्हारे बिखरे बालों की तरह नजर आता है
जिसे अपलक देखना
संपूर्ण सृष्टि सौंदर्य को आत्मसात कर लेना है
मेरे लिए।

तुम मेरे लिए
जे.एन.यू की वो बेफ़िक्र शाम हो
जो अहले सुबह तक साथ निभाती थी
और यह भरोसा दिलाती थी कि
ज़िंदगी का साथ
सिर्फ़ उजाले का साथ नहीं होता।

ओम प्रकाश के इस संग्रह की कविताएँ खाए-अघाए लोगों की नहीं बल्कि

उनकी कविताएँ हैं जो अपनी आत्मा के पहरुए हैं। जो अपनी भूख को हवस में तब्दील नहीं करते । जो मासूमियत के पक्षधर हैं। जिजीविषा के पक्ष में खड़ी इन कविताओं में खुशियों का पता है। रिश्तों में बचा विश्वास है। जिंदगी की नाव को गंतव्य तक ले जाने की आस है। भूख का प्रत्याख्यान है। अपने हिस्से की धूप की बात करती इन कविताओं में मुक्ति का कोरस है। प्रेम का अन्वेषक यह कवि साफ-साफ कहता है-

मैं छुपाता हूँ अपने भीतर प्यार
ताकि कहे-अनकहे को
अपने दिल में दे सकूँ आवाज़
और तुम मेरी रगों में
बहती ही रहो सदानीरा बनकर।

मैं छुपाता हूँ अपने भीतर प्यार
ताकि घनघोर अँधेरे को
तुम्हारी चौखट का सूरज बना सकूँ
और आलोकित रहो
तुम सदा यूँ हीं।

शिखर और प्रेम के बीच प्रेम को चुनने वाले कवि ओम प्रकाश के इस संग्रह को निश्चय ही हिंदी समाज का प्रेम मिलेगा।

—जितेन्द्र श्रीवास्तव
मानविकी विद्यापीठ
इंदिरा गांधी राष्ट्रीय मुक्ति विश्विवद्यालय
नई दिल्ली

विदा होती बेटियाँ : रिश्तों का आख्यान

हिंदी कविता का वर्तमान निराशा और कुंठा से भरा हुआ है। नए बिम्ब और प्रतीक गढ़ने और कथानक के नए प्रतिमान स्थापित करने में हमारे लोग हमसे छूटते जा रहे हैं। रिश्तों की डोर कमजोर होती जा रही है। ऐसे में जब कोई कवि अपने माता,पिता के संघर्ष को याद करते हुए अपनी विदा होती बेटियों के पक्ष में खड़ा होता है तो कविता सार्थक हो जाती है।

ओम प्रकाश जी बेशक हिंदी से अनायास जुड़े लेकिन हिंदी उनकी आत्मा में है। वह भूमिका में ही लिखते हैं कि "अनायास ही साहित्य का छात्र बना और साहित्य ने जीवन की गहरी समझ दी। जीवन को जीवन की तरह जीने का अनुभव काव्य संवेदना के रूप में आपके सामने है। "विदा होती बेटियाँ" की कविताएँ जहाँ आपको ख़ुद से जोड़ेंगी वहीं आपके अंतर्मन का विस्तार भी करेंगी। ये कविताएँ समय और सच की सारथी हैं और समाज के बदलाव का पूरक भी। ये कविताएँ आम आदमी की आवाज़ बन मुखर हों तो सार्थक सिद्ध हो सकेंगी।" कवि का यह बयान हिंदी कविता की यात्रा में मील के पत्थर की तरह है जो यह बताता है कि साहित्य व्यक्ति को पहले इंसान बनाता है। साहित्य का इतिहास बताता है कि कोई कविता रच कर आज तक बर्बर नहीं हुआ। कविताओं से संवेदना के स्रोत फूटते हैं। इस संग्रह में जीवन के विविध रंग हैं लेकिन सबसे गहरा रंग है रिश्तों का; इसमें भी माता-पिता का। कवि अपने इस संग्रह में जीवन के विभिन्न अनुभवों को जीते हुए अपने माता-पिता के संघर्ष को बार–बार याद करता है। इस दुनिया में माता-पिता का रिश्ता किसी भी रिश्ते से बड़ा होता है। जब कोई कवि अपने शब्दों में माता-पिता के

संबंध को चित्रित करता है तो वह रिश्ता और जीवंत हो उठता है। इस संग्रह की एक कविता है "पिता के सपने"। इस कविता में कवि पिता के संघर्ष को अपने शब्दों से जीवंत करते हुए लिखते हैं कि :

"पिता की छाँव में, बेफ़िक्र ज़िंदगी बिताते हुए
सोचा कहाँ था कि, सिर पर साया न हो तो
असमय पतझड़ में, झुलस जाते हैं ख़्वाब
मुरझा जाते हैं रिश्तों के पेड़।
ठूँठ बन जाता है, भरा-पूरा परिवार
जड़े टूट जाती हैं हौसलों की
खुशियाँ सन्नाटों से भर जाती हैं
मोहताज़ हो जाती है ज़िंदगी, आज़ाद होकर भी।"

एक पिता की जीवन में उपस्थिति कितनी महत्वपूर्ण होती है, इस कविता को पढ़कर समझी जा सकती है। माता-पिता के संबंध में बेटों के दुर्व्यवहार की मन दुखाने वाली खबरें आज जिस तरह से सुनने को मिलती हैं उसमें यह कविता थोड़ा सुकून देती है। पिता ही वह व्यक्ति होता है जो अपनी तमाम इच्छाओं को मारकर भी अपने संतानों को खुशी देता है लेकिन उसके बेटे उसे वह सुख नहीं दे पाते जो उन्हें देना चाहिए। ओम प्रकाश जी की कविताएँ इसलिए बड़ी हैं क्योंकि उनमें पिता के प्रति गहरी आस्था का भाव है। इसी कविता में वह आगे लिखते हैं कि :

"ज़िंदगी की चिलचिलाती धूप में
अब तन्हा ही तप रहा हूँ मैं
वक़्त के बादलों ने जीवन के उजालों को
अँधेरे से भर दिया है।
नन्हें पौधों को जिलाने की जद्दोजेहद में
वक़्त-दर-वक़्त टूटता जा रहा हूँ मैं
अपनी जड़ों को थामने की पुरजोर कोशिश में
अपनी ज़मीन से ही उखड़ता जा रहा हूँ मैं।"

'पिता के सपने' कविता पिता की उपस्थिति की आवश्यकता और अनुपस्थिति की पीड़ा को अभिव्यक्ति देती है। पिता का नहीं होना अपने वजूद का खत्म होने जैसा है। इस कविता से केवल पिता के प्रति प्रेम ही नहीं बल्कि जीवन में उसकी मज़बूत ज़रूरत का भी पता चलता है। यह कविता संग्रह इसलिए भी महत्वपूर्ण

है क्योंकि उसमें माता-पिता बार-बार पूर्ण सार्थकता के साथ अभिव्यक्त होते हैं। माता-पिता की संवेदनात्मक उपस्थिति से कविता जीवंत हो उठती है। इस संग्रह की एक कविता "माता-पिता" जीवन में दोनों व्यक्तियों की ज़रूरत एक साथ बताती है। कवि लखते हैं कि :

"माँ दर्द से कराह उठती है
जब बच्चों को लगती है चोट
पिता आँसुओं को चुपचाप पी जाते हैं।
चोट से सिहर उठता है जब बचपन
तब लिपट जाता है माँ के कलेजे से
पिता के कंधे से
और माँ की थपकियों से, पिता के फूँकने से
काफ़ूर हो जाता है दर्द।"

हमारे जीवन में माता-पिता एक तराजू के दो पल्ले हैं जो हमारे सुख और दु:ख का संतुलन बनाते हुए अपना जीवन गँवा देते हैं। जब हमें दु:ख होता है तो माँ हमें दुलार करती है इसलिए उसका दु:ख दिख जाता है लेकिन पिता अंदर ही अंदर टूटते हैं लेकिन कुछ कह नहीं पाते। अक्सर कहा जाता है माँ तरल और पिता कठोर होते हैं जबकि यह कविता बताती है कि दोनों को बराबर दु:ख होता है। दोनों ही हमें कठिनाइयों से बचाने के लिए दु:ख उठाते हैं। ओम प्रकाश जी की यह कविता मानवीय संवेदना का चरम स्पर्श है जिसमें भावनाएँ पुल का काम करती हैं। जीवन इतना कठिन नहीं है जितना हम समझते हैं। लेकिन माता-पिता का साथ हो तो यह कठिनाई हमें आसान लगती है। आजकल माता-पिता जब बूढ़े और असहाय हो जाते हैं तब उनका दु:ख बच्चों पर भारी पड़ने लगता है। कवि ऐसे समाज को चेताना चाहता है जिसके लिए माता-पिता बोझ जैसे हो जाते हैं। कवि जानता है कि एक दिन हम सबको उसी अवस्था में आना है। ओम प्रकाश जी एक बड़े कवि की तरह जीवन के मर्म को केंद्र में रखकर मनोभावों को सहज ही रेखांकित कर देते हैं । माता-पिता की उपेक्षा से कवि का मन दु:खी होता है। ओम प्रकाश जी आज की स्वार्थी पीढ़ी को चिन्हित करते हुए लिखते हैं कि :

"माँ की नज़रें जब कमजोर होने लगती हैं
पिता चलते-चलते गिरने लगते हैं
जूझने लगते हैं, चोट से

तब बच्चे पक्षियों की तरह घोंसला छोड़
दूर कहीं बना लेते हैं अपना आशियाना
और माता-पिता रह जाते हैं घर में अकेले
किसी पुराने सामान की तरह।"

यह समस्या गाँव में नहीं बल्कि शहरों में अधिक है। शहरों की ज़िंदगी में जो घुटन है उसके कई कारण हैं। बेरोजगारी, महंगाई की त्रासदी से जीवन जटिल होता जाता है। ऐसे में जब माँ-पिता को बेटे अच्छा परिवेश नहीं दे पाते हैं तो भी माता-पिता का मन दु:खी नहीं होता, वह इसे शहर की विडंबना और बेटों की मज़बूरी मानकर सहन कर लेते हैं। कवि ने इस संवेदना को बहुत गहराई से पकड़ा है :

"माता-पिता समझते हैं, अजनबी शहर की परेशानियाँ
और छुपा लेते हैं बच्चों से हर वो बात
जो दिल को चोट पहुँचाती हैं।
माता-पिता अपने बच्चों के वक़्त के मोहताज़ हो जाते हैं
और बच्चे अपनी ज़िंदगी की परेशानियों में क़ैद।"

उपरोक्त कविता पढ़ने में जितनी सपाट और सहज है अंदर से उतनी ही संवेदित करती है। वेदना के गहन अंधकार में डूबे हुए माता-पिता की पीड़ा को अभिव्यक्ति देती यह कविता बेटों द्वारा लिखी गई किसी भी कविता से ज्यादा खूबसूरत और सुंदर है। कवि की कविताओं में कभी माँ तो कभी पिता ऐसे लौटते हैं जैसे कड़ी धूप के बाद छाँव लौटती है। इन कविताओं में पीड़ा है, संघर्ष है, दु:ख है, दर्द है लेकिन सुकून है। यह सोचकर अच्छा लगता है कि किसी कवि को अपनी माँ और पिता के दु:ख की गहरी चिंता तो है। इसी संग्रह में एक कविता है : "माँ का अकेलापन"

इस कविता में कवि ने माँ के अकेलेपन की पीड़ा को शब्द देकर उन तमाम माँओ के प्रति अपनी गहरी आस्था अभिव्यक्त की है जो कठिन से कठिन समय में भी विचलित नहीं होती हैं। कवि लिखते हैं कि :

"भीड़ भरे शहर में, अकेली हूँ मैं
चीखती हूँ, भयावह सन्नाटे में
और लौट आती है, मेरी आवाज़ तुम तक नहीं पहुँचती।
तुम व्यस्त हो या फिर भूल गए मुझे
तुम्हें नहीं है मेरी सुध या फिर
ज़रूरत नहीं रही अब मैं

कैसे कहूँ कि ज़िंदगी के भयावह अँधेरे का, उजाला हो तुम।"

माँ के लिए पुत्र उजाले की तरह होता है। जब माँ को बीच भंवर में छोड़ दिया जाता है तो वह बहुत उम्मीद से हमारी ओर देखती है। वक्त के साथ कम होती जा रही रिश्तों की ताप में माँ से रिश्ता कमज़ोर होता जाता है तब भी माँ तो बस माँ होती है उसकी संवेदना कम नहीं होती। माँ के जीवन को वक्त के एक ऐसे अकेलेपन में धकेल दिया जाता है जिसमें उसे घुटन होने लगती है तब भी वह उम्मीद की एक नज़र से अपने लोगों को देखती रहती है। ओम प्रकाश जी ने इस कविता में माँ की पीड़ा और दु:ख को जीवंत बना दिया है। कवि चाहते तो माँ के इस संघर्ष को छोड़ सकते थे लेकिन ओम प्रकाश जी कवि से पहले मनुष्य हैं और मनुष्य से पहले बेटे हैं। इस कविता में वह बेटे का फर्ज निभाते हुए माँ के घुटन, आत्म संघर्ष एवं बेचैनी को मर्मस्पर्शी भाव के साथ दुनिया के सामने ले आते हैं। माँ से लबरेज इस संग्रह में एक कविता का शीर्षक ही "माँ" है। कवि जब थक जाता है तो माँ को याद करते हुए कहता है कि :

"माँ जब राह चलते-चलते थक जाता हूँ।
जब साथ छोड़ निकल जाते हैं सभी संगी-साथी।
जब रह जाता हूँ भीड़ में अकेला।
जब टूट जाती है, सब आस, तब तुम बहुत याद आती हो माँ।"

इस दुनिया में केवल माँ होती है जो बेटे के हर दु:ख की दवा होती है। बेटे जब दुनिया से लड़कर थक जाते हैं तब उन्हें माँ की गोद याद आती है। कवि को भी अपनी माँ की बहुत याद आती है। मैंने माँ पर सैकड़ों कविताएँ पढ़ी हैं लेकिन माँ के प्रति जो श्रद्धा का भाव और संवेदना इस कविता में है मुझे कहीं नहीं मिली। यह कविता केवल ओम प्रकाश जी की नहीं है बल्कि हर उस बेटे की है जिन्हें अपनी माँ से प्रेम होता है। जो ये मानते हैं कि माँ है तो सब ठीक हो जाएगा। एक दिन ऐसा आता है जब बेटों के पास सब कुछ होता है लेकिन माता-पिता नहीं होते हैं तब कवि की पीड़ा और ज्यादा बढ़ जाती है। वह तड़पता हुआ माता-पिता को याद करता है और लिखता है कि :

"कभी सोचा कहाँ था एक दिन ऐसा होगा
जब सब कुछ होगा मेरे पास और तुम नहीं होगी माँ।
वो बचपन,तुम्हारी थपकी से,गहरी नींद में खो जाने का सुख
वो तुम्हारे कौर से खाने का स्वाद,तुम्हारी आँचल की छाँव अब कहाँ।"

बचपन से लेकर जवानी तक माँ बच्चों को सींचती हैं और जब माँ को प्रेम लौटाने का वक्त आता है तब तक वह इस दुनिया से विदा हो जाती है। कवि ने इस पीड़ा को सच्ची संवेदना के साथ जीवंत स्वर दिया है।

समग्रता में देखें तो "विदा होती बेटियाँ" का यह महत्वपूर्ण संग्रह कवि के जीवन अनुभवों की पूर्ण दास्तान है। कवि ने ज़िंदगी की सच्चाई को बयाँ करने के लिए बनावटी दुनिया का सहारा नहीं लिया है। कवि ने अपने जीवन के रिश्तों की अहमियत को गहराई से समझते हुए और उन्हें महत्व देते हुए जीने की पुरजोर कोशिश की है। मुझे लगता है कि इस कविता संग्रह पर लिखने के कई दृष्टिकोण हैं लेकिन मुझे रिश्ते को केंद्रित कर लिखना बेहतर लगा वो भी माँ-पिता के रिश्तों पर लिखी कविताएँ मुझे अधिक संवेदित लगीं। मैं कवि ओम प्रकाश जी को बधाई देती हूँ और शुभकामनाएँ भी कि वह निरंतर लिखते रहें।

प्रो. रमा

प्राचार्या, हंसराज कॉलेज, दिल्ली विश्वविद्यालय

भूमिका

अनायास ही साहित्य का छात्र बना और साहित्य ने जीवन की गहरी समझ दी। जीवन को जीवन की तरह जीने का अनुभव काव्य संवेदना के रूप में आपके सामने है। "विदा होती बेटियाँ" की कविताएँ जहाँ आपको ख़ुद से जोड़ेंगी वहीं आपके अंतर्मन का विस्तार भी करेंगी। ये कविताएँ समय और सच की सारथी हैं और समाज के बदलाव का पूरक भी। ये कविताएँ आम आदमी की आवाज़ बन मुखर हों तो सार्थक सिद्ध हो सकेंगी।

विगत बीस वर्षों से कविताएँ मुझमें अंतर्मुखी रहीं,उन कविताओं को परखने एवं इसे काव्य संग्रह के रूप में प्रकाशित करने हेतु प्रेरित करने में मार्गदर्शक श्री राजेंद्र प्रसाद मिश्र सर के बहुमूल्य योगदान के लिए हृदय की अनंत गहराइयों से कृतज्ञता ज्ञापित करता हूँ। काव्य संग्रह के प्रकाशन से सर्वाधिक प्रसन्नता मेरे पूज्य पिताजी श्री कन्हैया प्रसाद केशरी का होना उनका मेरे प्रति अनन्य प्रेम है। वे स्वयं भी एक बड़े कवि, समाज सेवी एवं मुखर वक्ता हैं।

प्रखर आलोचक बजरंग बिहारी तिवारी सर का प्रेमपूर्ण स्वभाव सर्वथा मुझे प्रभावित करता रहा हैं। सबसे पहले आदरणीय अग्रज बजरंग सर ने ही मुझे स्त्री विषयक कविताएँ लिखने के लिए प्रेरित किया था जो बाद में फ्रेंच में भी अनुदित हुईं। काव्य संग्रह को अमलीजामा पहनाने में प्रखर आलोचक बजरंग बिहारी तिवारी सर, आदरणीय अग्रज कवि हृदय निरंजन सहाय सर एवं साहित्य के गहन अध्येता कमलेश वर्मा सर के अप्रतिम सहयोग के लिए आभार छोटा शब्द है।

एनटीपीसी और जे.एन.यू दोनों मेरे जीवन के अभिन्न हिस्से हैं। एनटीपीसी और

जे.एन.यू को समर्पित कविता इस संग्रह की एक अलग पहचान है । मेरे विचारों को परिमार्जित करने में एनटीपीसी और जे.एन.यू का अमूल्य योगदान है। एनटीपीसी और जे.एन.यू प्रबंधन सहित सभी अध्यापक गण, वरिष्ठ जनों, सहकर्मियों, शुभचिंतकों का हार्दिक आभार।

साहित्य अध्ययन की शुरूआत दिल्ली विश्वविद्यालय से हुई, दिल्ली विश्वविद्यालय अब भी पहले प्यार की तरह ज़ेहन में है जिसने हिंदी के महत्त्व को मुझमें निरूपित किया। यह भी एक रोमांचकारी अनुभव है कि भारत के महानियंत्रक एवं महालेखापरीक्षक के हैदराबाद कार्यालय में रहते हुए 'कलिका' पत्रिका के माध्यम से ही मैंने साहित्य लेखन प्रारंभ किया।

काव्य संग्रह के असली नायक नाम-अनाम अनगिनत चेहरे हैं,जिनको वर्षों पढ़ता एवं गढ़ता रहा हूँ मैं। कहना न होगा कि परम पूज्य माँ-पिताजी, प्रिय भाई वेद प्रकाश-सत्य प्रकाश, बहन-इंदु केशरी, जीवन संगिनी सोनी और दोनों बेटियों-संस्कृति एवं संजीवनी, प्रिय अथर्व, कृष्णा, आदित्य, अनुपमा, आदरणीय मनोज केशरी सहित सभी परिवारजनों का अगाध प्रेम इन कविताओं में प्रस्फुटित हुआ है।

"विदा होती बेटियाँ" काव्य संग्रह की यात्रा में भारतीय ज्ञानपीठ के पूर्व निदेशक व साहित्य शिखर कवि श्री लीलाधर मंडलोई जी, प्रशासक व प्रख्यात कवि श्री दिविक रमेश जी, साहित्य, समाजसेवी व विदुषी प्रशासक प्रो. रमा महोदया एवं मेरे अग्रज, समय व संवेदना के पारखी अत्यंत लोकप्रिय कवि श्री जितेन्द्र श्रीवास्तव जी साहित्य, समाजसेवी व विदुषी प्रशासक प्रो. रमा महोदया का जुड़ना एवं काव्य संग्रह को परखना इस काव्य संग्रह का सर्वोच्च मुकाम हासिल कर लेना है। "विदा होती बेटियाँ" पर आप सभी विद्वतजनों के सुरूचिपूर्ण एवं प्रभावी लेखन के लिए कोटिश: आभार।

मैं अत्यंत ऋणी हूँ आप सभी सम्मानीय पाठक गण का, जिनका अगाध प्रेम ही मेरा पथ प्रदर्शक है। प्रिय छोटे भाई श्री जितेन्द्र पात्रो जी, प्रलेक प्रकाशन को अशेष आभार जिनके कर्म सौंदर्य से यह काव्य संग्रह और निखर गया है।

"विदा होती बेटियाँ" काव्य संग्रह हर एक बेटी तक पहुंचे, यही कामना है।

—ओम प्रकाश

हे प्रभु

हे प्रभु
शक्ति देना
तो सहनशक्ति भी
वार सह सकूँ
अपनों का
परायों का भी।

हे प्रभु
क्रोध के साथ
प्रेम भी देना
यह विवेक भी कि
अन्याय के ख़िलाफ़
जीभ न अकड़े।

हे प्रभु
रावणी दंभ से लड़ते-लड़ते
रावण बनने से बचा सकूँ
ख़ुद को
और प्रेम
पत्थर बनने से

बचाए रखे मुझे।

हे प्रभु
क्षमा करने की
शक्ति देना
और यह भी कि
क्षमा कर सकूँ
ख़ुद को भी
इस असहनीय समय में।

हे प्रभु
ऐसे वक़्त में
जबकि झूठ को झूठ बोलना भी
मुनासिब नहीं
सच की सौदेबाजी में
बिकने से बचा सकूँ
ख़ुद को
और सच को सच कहने की
क़ाबिलियत बची रहे मुझमें।

हे प्रभु
आँखों में सपने देना
तो उसे पूर्ण करने का साहस भी देना
ताकि बोझिल पंख लिए
विदा होने से बचा सकूँ ख़ुद को।

हे प्रभु
यह जानते हुए कि
अँधेरे और उजाले में
बहुत फ़र्क़ है
अँधेरे को

उजाला साबित करने के गुनाह से
बचा सकूँ ख़ुद को।

हे प्रभु
इस ग़ुरूर में कि
आसमान हो गया हूँ मैं
अगर गिरूँ
तो अपनी नज़रों में भी
गिरने से बचा सकूँ ख़ुद को।

हे प्रभु
ऐसे वक़्त में
जबकि मुहब्बत करना
ख़ुद का ही इम्तिहान लेना है
मैं मुहब्बत कर सकूँ
हज़ार नफ़रतों के बाद भी।

हे प्रभु
कहने को तो
यह जीवन एक खेल ही है
जीवन के इस खेल में
ख़ुद को हारकर जीतने से
कहीं बेहतर है
ख़ुद को जीत कर
हार जाऊँ मैं
जीती हुई बाज़ी
और बिना किसी अफ़सोस के
ले सकूँ मैं
आख़िरी साँस।

❒❒❒

पिता

पिता को
बचपन से महसूस करते हुए
उन्हें करीब से देखते-समझते हुए
कई एक वर्ष बीत गए
और अब
अनथक पिता
वृद्ध हो गए।

पिता
अब और भी संजीदगी से
पढ़ाने लगे हैं बच्चों को
ज़िंदगी का पाठ
पिता को लगने लगा है कि
बच्चों को जीने की कला समझाना
ख़ुद पुनर्जीवित हो जाना है।

पिता
बच्चों की मृदुल हँसी में
पाने लगे हैं
ख़ुद की मुस्कराहट
बच्चों को आशीष देते हुए

पिता भावुक होने लगे हैं
असीम प्रेम लुटाने लगे हैं अक्सर।

पिता
अब प्रगाढ़ संबंधों में
अनवरत खोजने लगे हैं
अगाध प्रेम।

पिता
अब आत्मीय जनों के
शब्दों की चोट से
आहत होने लगे हैं
अंतहीन मन की गहराइयों तक
दर्द महसूस करने लगे हैं।

पिता
अब व्याकुल होने लगे हैं
हर एक त्योहार पर
अपने सगे-संबंधियों का
इंतज़ार करने लगे हैं।

पिता
घर के टूटने के सवालों पर
अंदर ही अंदर बिखरने लगे हैं
ज़िंदगी की इस बेहिसाब भागती
आपाधापी को ही
परिवार के टूटने की वज़ह समझने लगे हैं।

पिता
अब बात-बात पर
रहने लगे हैं उदास

रात भर चिंता में डूबने लगे हैं
पिता अब
किसी अनहोनी की
आशंका में जीने लगे हैं।

पिता
अब परिवार की ख़ुशहाली के लिए
देवी-देवताओं से मनौती माँगने लगे हैं
मन ही मन मंत्र बुदबुदाने लगे हैं
पिता की आँखों में
अब अधूरे सपने सूखने लगे हैं।

पिता
अपनी डायरी में
दुःख-दर्द लिखने लगे हैं
मन की व्यथाएँ
माँ संग बाँटने लगे हैं
पिता अब
अनगिनत बीमारियों से जूझने लगे हैं।
अब मैं
पिता की असीम वेदना को
शिद्दत से महसूस करने लगा हूँ
पिता की जीवन यात्रा का
सहभागी बनने लगा हूँ
पिता के श्री चरणों को
अश्रु-श्रद्धा पूरित
जल से सींचने लगा हूँ।

❑❑❑

शहर

आँखों में दफ़न होते
ख़्वाहिशों के साथ
निकलता हूँ हर दिन
चश्मा पोंछ देखता हूँ
शहर के धुंधलापन को
शहर की कतारों में
उम्मीदों को खोकर
थके पाँव वापस लौट आता हूँ।

गाँव लौटने के वादे के साथ कभी
थामा था मैंने इस शहर का दामन
इस शहर ने छीन लिया है
मेरा वक़्त भी
इंतज़ार करते माता-पिता के साथ ही
खो दिया है मैंने
अपना गाँव-घर भी।

शहर की इस बंद गली में
हवाएँ

मेरे कमरे की खिड़कियाँ नहीं खोलतीं।

बंद दरवाज़ों ने कभी
दूसरों के लिए खुलने की ज़हमत ही नहीं की
चाय की प्यालियों ने कभी
आपस में बात ही नहीं की
हँसी-ठहाकों का कभी
मेरे इन बंद दीवारों से वास्ता ही नहीं पड़ा।

इस शहर ने मेरी सोचने-समझने की
भाषा में भी कर दिया है फ़र्क़
ख़ुद से भी कभी मुक़म्मल बात नहीं की है मैंने
थोड़ी सी दूरी बना कर रखी है
मैंने ख़ुद से भी
ख़ुद को ही ज़िंदा रखने के लिए।

एक दिन ऐसा होगा कि
मेरे कमरे के बंद दरवाजे तोड़ दिए जाएँगे
शोर मचाने लगेंगी खिड़कियाँ
चुप गली बोलने लगेगी
फिर भी मैं उठूँगा नहीं
उठाएँगे मुझे कुछ अनमने कंधे।

जल उठेंगी मेरी ख़्वाहिशें चिता पर
पर आग की लपटों के साथ मैं उठूँगा ज़रूर
राख, हवा, पानी बनकर ही सही
किसी न किसी रूप में
अपने गाँव-घर तक पहुँचूँगा ज़रूर।

❑❑❑

विदा होती बेटियाँ

विदा हो जाती हैं बेटियाँ
जैसे विदा हो जाती है
आँगन की धूप
सूना हो जाता है
घर-आँगन
चुप हो जाती हैं
मंदिर की घंटियाँ।

पिता निहारते रहते हैं द्वार
माँ सदमे से भर जाती है
विदा होती बेटियाँ
अपने पीछे
बहुत सारा दर्द छोड़ जाती हैं।

विदा होती बेटियाँ
अपने खिलौने के साथ ही
अपना बचपन छोड़ जाती हैं
अपने सपने संदूक में बंद कर जाती हैं
माँ से हर बात मनवाने वाली

बेटियाँ
माँ को ही मनाने लग जाती हैं
अपनी ज़िंदगी की
ज़िम्मेदारियों से बंध जाती हैं।

बेटियाँ
जब लौटती हैं
तो लौटा लाती हैं
ख़ुशियाँ
ले आती हैं ढेर सारा प्यार
और थोड़ा सा वक़्त
थोड़े से वक़्त में
सोए हुए मन को जगा जाती हैं
बेटियाँ
उदास घर को गुलज़ार कर जाती हैं
बेटियाँ।

विदा होती बेटियाँ
आँसुओं से अतीत को सींच जाती हैं
शब्दों की मिठास से
रिश्तों को जोड़ जाती हैं
माता-पिता की आँखों में
जीने का सपना बुन जाती हैं।

विदा होती बेटियाँ
अपने आँचल में आँसू बाँध लेती हैं
अपने आँसू
देवी-देवताओं पर
चढ़ाती वापस चली जाती हैं।

विदा होती बेटियाँ
सामाजिक क्रूरता का भी शिकार हो जाती हैं
उँगलियाँ पकड़कर चलने वाली
बेटियाँ
द्वार पर
पैर का छाप बन कर रह जाती हैं
चूड़ियों-पायल में चहकने वाली बेटियाँ
किसी गुमसुम उदास रात में
चाँद की तरह डूब भी जाती हैं।

विदा होती बेटियाँ
कभी-कभी
हमेशा के लिए भी
विदा हो जाती हैं।

❑❑❑

सुशांत

जब लौट रहे थे लोग
अपने घर
छोड़ रहे थे शहर
पराएपन की ज़मीन से उखड़
अपनेपन की तलाश में
मीलों चल रहे थे
तब तुम भी लौट आते
सुशांत।

तुम्हारा लौटना
उन युवाओं का लौटना होता
जो चाह कर भी
कभी लौट नहीं पाते
अपने घर
अपने सपनों की दुनिया से
समझौता करते-करते
सफ़ेद चादर से ढक लेते हैं
अपना चेहरा
पर अपने घर लौटना

मुनासिब नहीं समझते।

चाहे जो कुछ भी कमाए हों तुमने
अपनी ज़िंदगी खोकर
पर वो चार दोस्त भी तो नहीं कमा सके
जो तुम्हारा हौसला बन
तुम्हारी ज़िंदगी और मौत के बीच
अडिग हो खड़े रह पाते।

तुम्हारी ज़िंदगी के
इन आख़िरी पलों को
दुनिया के लिए भूल जाना
कोई मुश्किल नहीं
पर जो ज़ख़्म तुमने
अपनों को दिया है
वो ज़ख़्म रुलाता ही रहेगा
ताउम्र उन्हें।

अपने घर से
अपनों को ख़ुशी देने की ख़्वाहिश के साथ
जब निकले होगे तुम
तब कहाँ सोचा होगा किसी ने
कि तुम राख बनकर लौटोगे।

सुशांत
यह अपने घर लौटने का दौर है
काश तुमसे सीखकर
लौट आएँ
वो सभी सुशांत
जिनका महानगरों में होना

कोई खास मायने नहीं रखता
मायने रखता है उनका
माँ की आँचल में बैठकर
सुख-चैन की दो रोटी खाना
और अपने घर-परिवार का
अडिग सहारा बनना।

❑❑❑

प्रेम

ज़िंदगी की तमाम
उदास रातों के बीच
एक दिन ऐसा आएगा
जब तुम्हारी हथेलियों को
अपने हाथों में थामे हुए
मैं कह सकूँगा कि
मैं तुमसे प्रेम करता हूँ।

तुम संग
ज़िंदगी को
ज़िंदगी की तरह जीना चाहता हूँ
इस दुनिया को अब मैं
तुम्हारी निगाहों से देखना चाहता हूँ।

मुद्दतों से इज़हार की चाह लिए
ज़िंदगी से गुज़र रहा हूँ मैं
ज़िंदगी की कही-अनकही
तमाम किस्से
तुम संग बाँटना चाहता हूँ

अतीत की स्मृतियों से
भविष्य को सींचना चाहता हूँ।

तुमसे मिलकर मैं
मैं नहीं रह जाता
दिल के
किसी कोने में प्रेम बोने लगता हूँ
तुमसे मिलकर मैं
मनुष्य होने लगता हूँ।

रोज-रोज की मुलाकातों-बातों
हँसते-मुस्कराते लम्हों के बीच
गुज़रते वक़्त की आँधी में
उजड़ जाऊँ मैं
इससे पहले मैं
तुमसे
प्रेम का इज़हार करना चाहता हूँ।

❑❑❑

मज़दूर

मैं मज़दूर हूँ
मैं गली, चौक-चौराहा, सड़क
बस से लेकर रेल तक
राशन की दुकान से
राहत की अनगिनत कतार में हूँ
मैं मज़दूर हूँ।

मेरे पाँव दुनिया की तरह कठोर हो गए हैं
और कंधे देश की तरह मज़बूत
जिस पर ढो सकता हूँ मैं
कर्ज का बोझ
बदनामी का दंश लिए चल सकता हूँ मैं
पशुओं की तरह
सैकड़ों मील।

मैं मज़दूर हूँ
मुझ पर तरस खाने वाले
खा जाते हैं अन्न भंडार
देश की भाग्य की तरह

मेरी भी क़िस्मत नहीं बदलती
बदलती है सिर्फ़ तस्वीर
सफ़ेद पन्नों पर
ख़ुशहाल भारत की।

मैं मज़दूर हूँ
मैं अन्न खाकर नहीं
वादे खाकर जीता हूँ
सूखी अँतड़ियों में
देश की इज़्ज़त पचाता हूँ
तिरंगा हाथ में लिए
जनपथ से राजपथ तक
लहूलुहान होता रहता हूँ।

लालकिले की प्राचीर से मैं ही गूँजता हूँ
मैं ही अनसुना रह जाता हूँ संसद में
मेरे ही सपने बेचकर
महलों में उगाई जाती हैं रोटियाँ
मैं ही बासी रोटी की तरह
फेंक दिया जाता हूँ कूड़ेदान में।

झुग्गी-झोंपड़ी, मलिन बस्तियों में
मैं ही अपराध की तरह पाया जाता हूँ
मैं ही मतदान में वोट बन निकलता हूँ
मैं ही राजकोषीय घाटे की तरह बढ़ता हूँ
मैं ही देश की साख की तरह गिरता हूँ
खेतों में मैं ही ख़ून से पौधों को सींचता हूँ
मैं ही ज़मीन से उखड़ दर-बदर भटकता हूँ।

मेरे लिए यह देश
और मैं देश के लिए
एक असहनीय पीड़ा हूँ
मैं असहनीय पीड़ा सहकर भी चुप हूँ
मैं मज़दूर हूँ।

❑❑❑

उम्मीद है

उम्मीद है
एक दिन पहुँच पाऊँगा
अपने घर
दुनिया से बेख़बर हो
कुछ दिन रह पाऊँगा।

उम्मीद है
बेतहाशा भागते-भागते
ख़ुद को गिरने से बचा पाऊँगा
हारे हुए समय में
ख़ुद को जीत पाऊँगा।

उम्मीद है
ख़ुद को समझा पाऊँगा
दुनिया की नासमझी
हज़ार नफ़रतों के बीच
प्यार बचा पाऊँगा।

उम्मीद है
नाउम्मीदी के बीच
अपनी उम्मीद को
नए पंख दे पाऊँगा।

उम्मीद है
सारे शब्दों को मिटाकर
वो एक आख़िरी
शब्द लिख पाऊँगा
जिससे पनप सके
प्रेम।

उम्मीद है
यह सब भी न कर सका
तो अपनी उम्मीदों की गठरी को
विदा कर सकूँगा
ख़ुद के विदा होने से पहले।

माँ

मिट जाएँ सारी भाषाएँ
बचा रह जाए
एक शब्द माँ
तो माँ शब्द की संवेदना से
पुनर्जीवित हो सकती हैं भाषाएँ।

माँ शब्द की प्रेरणा से
पुनःसृजित हो सकता है साहित्य
माँ शब्द के बचे रहने से
बची रह सकती है मानवीयता।

माँ शब्द की सार्थकता कहीं बड़ी है
वेद, कुरानों से
माँ शब्द की पवित्रता कहीं बड़ी है
पूजा-पाठ, तीज-त्योहारों से।

माँ शब्द को आत्मसात कर लेना
प्रेम एवं पीड़ा के अंतर को मिटा देना है
माँ शब्द को अर्थ देना

निश्चल प्रेम को प्रतिष्ठित कर लेना है।

माँ शब्द के शब्दकोश में समाहित है
गीत हँसी की, रुदन की, जीवन गति की
माँ शब्द के अनुभव संसार से जुड़ी हैं
अनगिनत कहानियाँ मिलन की, बिछुड़न की
माँ शब्द से आलोकित है अशब्द भी।

माँ शब्द संजीवनी है
ज़िंदगी के दुःख, तकलीफ़, निराशा को
हर लेने की अकाट्य शक्ति है
ज़िंदगी की तमाम नाकामयाबियों के बावजूद
जीने की वज़ह है माँ।

माँ शब्द का जीवन में होना
जीवन को वरदान मिल जाना है
माँ शब्द का जीवन से रूठ जाना
जीवित साँसों का उखड़ जाना है।

माँ शब्द की ममता में बसे हैं परमात्मा
माँ शब्द की सहनशक्ति
शक्ति की सारी परिभाषाओं से परे है।

माँ शब्द अनुभूति की पराकाष्ठा है
माँ शब्द मौन होकर भी मुखर है
माँ शब्द दुआ है, माँ शब्द ख़ुदा है
माँ शब्द दुनिया के हर शब्द से जुदा है
माँ शब्द दुनिया के हर शब्द से जुदा है।

❑❑❑

आख़िरी पीढ़ी

एक पीढ़ी
विदा होने को है
विदा होने को है
उनकी नसीहतें।

बात-बात पर
सैकड़ों सवाल
करने वाली पीढ़ी
विदा होने को है
विदा होने को है
घर-परिवार
रिश्ते-नातेदार की
मान-मनौवल
मनुहार करने वाली पीढ़ी।

फूल-पौधों, पत्तियों से
इलाज करने वाली पीढ़ी
विदा होने को है
विदा होने को है

मूली, करेला, साग में
स्वाद खोजने वाली पीढ़ी।

घर के उलझे सवालों को
घर में ही सुलझाने वाली पीढ़ी
विदा होने को है
विदा होने को है
दुश्मनों को
दोस्त बनाने वाली पीढ़ी।

किस्से-कहानियों से
बच्चों के संस्कार गढ़ने वाली पीढ़ी
विदा होने को है
विदा होने को है
बच्चों के साथ
बचपन में खो जाने वाली पीढ़ी।

बूढ़े-बुजुर्गों को
देवी-देवताओं की तरह
मान देने वाली पीढ़ी
विदा होने को है
विदा होने को है
बच्चों पर अनंत आशीष लुटाने वाली पीढ़ी।

हमारे सुख के लिए
अपने सुख को दाँव पर लगाने वाली पीढ़ी
विदा होने को है
हज़ार दर्द में भी मुस्कराने वाली पीढ़ी
विदा होने को है।

विदा होने को है
अपमान में भी
अपनी ज़ुबान पर
मिठास रखने वाली पीढ़ी।

ख़ुद टूटकर
घर-परिवार जोड़ने वाली पीढ़ी
विदा होने को है।

अपनी बात कहने को
हमारी बाट जोहती पीढ़ी
विदा होने को है
विदा होने को है
आँसुओं में आशीर्वाद रखने वाली पीढ़ी।

अलविदा कहने को है
हमारे वक़्त के इंतज़ार में
अपने वक़्त का इंतज़ार करती
आख़िरी पीढ़ी।

❑❑❑

सबसे कठिन है

सबसे कठिन है
पत्थर दिल होती दुनिया में
प्रेम बचाए रखना
बार-बार छले जाने के बाद भी
विश्वास बचाए रखना।

सबसे कठिन है
सफलता-असफलता के बीच
झूलते जीवन में
जीतने की आस बचाए रखना
तमाम उदासियों के बीच
होंठों पर मुस्कान बचाए रखना।

सबसे कठिन है
बदहवास भागते वक़्त में
अपनों के लिए
थोड़ा सा वक़्त बचाए रखना
ज़िंदगी की धूप में
रिश्तों के लिए

थोड़ी छाँव बचाए रखना
सिर्फ़ मदद के लिए
मदद का हाथ बढ़ाए रखना।

सबसे कठिन है
मान-अपमान-सम्मान के बीच
अपने अंदर
संवेदना बचाए रखना
अपने ही आँखों पर पड़े
चश्मे को उतार कर
ख़ुद को पढ़ने का
साहस बचाए रखना।

सबसे कठिन है
ख़ुद की बुलंदियों पर
ख़ुद को गिरने से बचाए रखना
देवता बन जाने के बाद भी
ख़ुद को मनुष्य बनाए रखना।

सबसे कठिन है
कठोर वक़्त में
ख़ुद को सरल बनाए रखना।

❑❑❑

पिता के सपने

पिता की छाँव में
बेफ़िक्र ज़िंदगी बिताते हुए
सोचा कहाँ था कि
सिर पर साया न हो तो
असमय पतझड़ में
झुलस जाते हैं ख़्वाब।

मुरझा जाते हैं रिश्तों के पेड़
ठूँठ बन जाता है
भरा-पूरा परिवार
जड़े टूट जाती हैं हौसलों की
खुशियाँ सन्नाटों से भर जाती हैं
मोहताज़ हो जाती है ज़िंदगी
आज़ाद होकर भी।

ज़िंदगी की चिलचिलाती धूप में
अब तन्हा ही तप रहा हूँ मैं
वक़्त के बादलों ने जीवन के
उजालों को अँधेरे से भर दिया है।

नन्हें पौधों को जिलाने की जद्दोजेहद में
वक़्त-दर-वक़्त टूटता जा रहा हूँ मैं
अपनी जड़ों को थामने की पुरजोर कोशिश में
अपनी ज़मीन से ही उखड़ता जा रहा हूँ मैं।

आगाह करता रहता हूँ मैं
नन्हें पौधों को
गुमराह हवाओं से
अपनी ज़मीन से उखड़कर
गमले में बस जाने की चाहत से
कुल्हाड़ी से दोस्ती निभाने की ज़िद से
यह जानते हुए भी कि आज़ाद ख़याली में
अक्सर अनसुने रह जाते हैं पिता।

पिता के अधूरे सपने के साथ
अपने घर-आँगन में
नीम के पेड़ की तरह
रह गया हूँ मैं निपट अकेला।

घर की ज़रूरतों ने
बेघर कर दिया है मेरे अपनों को ही
कुछ पौधे आसमान की ऊँचाई की जगह
ज़मीन पर फैलने की चाहत में
बोनसाई बनकर रह गए हैं।

कुछ पौधों ने इंकार कर दिया है
धूप में रहने से और
ख़ुद छाया बनकर रह गए हैं
कुछेक पौधे

अपनी अंतरात्मा को बेचकर
वस्तुओं में तब्दील हो गए हैं
कुछ हतोत्साहित हो गए हैं
साथी पौधों को बढ़ता देखकर।

जीवन के अपने
आख़िरी पड़ाव में
पिता की नसीहतों को
मैं दुहराता रहता हूँ
इस आस में कि
दमघोंटू वातावरण में
दम घुटने से पहले
अपनी ज़मीन पर लौट आएँगे पौधे
और बंजर होते जीवन में
बारिश की बौछार की तरह
बो पाऊँगा मैं
पिता के सपने।

❑❑❑

प्रेम करता हूँ मैं

मैं प्रेम करता हूँ
अपनी अंतहीन उदासियों से
अपनी घुप्प चुप्पियों से
अपने हर उस ख़ामोश लम्हे से
जिसमें मैं ख़ुद को भूल गया हूँ
सिर्फ़ तुम्हें याद रखने के लिए।

मैं प्रेम करता हूँ
प्रेम की परिभाषा से परे
तुम्हारे समयातीत एहसास को
अक्सर बेख़बर हो पढ़ता हूँ
तुम्हारी उदास मुस्कराहटों को
हथेलियों पर थामे हुए तुम्हारे
आँसुओं में देखता हूँ
भावों का समंदर
और डूब जाता हूँ
अपने अंदर ही।

मैं प्रेम करता हूँ

अपने उन भावों को व्यक्त करने के लिए
जो तुम्हें
कभी अर्पित ही नहीं हो पाए
अव्यक्त भावों की गठरी लिए
भटकता ही रहता हूँ
शब्दों के लिए
और निःशब्द हो जाता हूँ
तुम्हारे सामने।

मैं प्रेम करता हूँ
यह जानते हुए भी कि
ज़िंदगी की ज़िम्मेदारियों के बीच
अक्सर बेबस हो जाता है प्रेम
तुम्हारी ख़ामोश नज़रों में रहकर भी
अजनबी बने रहने के लिए
मैं तुमसे प्रेम करता हूँ।

मैं प्रेम करता हूँ
दुनिया की तमाम कोशिशों के बाद भी
दिल से मिटा नहीं पाने वाली
प्रेम की उस ताक़त को बचाए रखने के लिए
जिसकी वज़ह से
वक़्त के घनघोर अँधेरे में भी
पत्थर दिल होने से बच पाया हूँ मैं।

मैं प्रेम करता हूँ
अपने अटूट विश्वास को बचाए रखने के लिए
ताकि प्रेम के पतझड़ में भी
बचा रहे प्रेम
संबंधों की मरुभूमि में भी

पनपता रहे प्रेम
प्रेम का पनपना ही
दुनिया का
संवेदनशील हो जाना है
तुम्हारी ही तरह।

मैं प्रेम करता हूँ
प्रेम के सम्मान को
प्रेम के अपने प्रतिदान को
प्रेम की निजता को
अपनी अपूर्णता के साथ भी
तुम्हारी पूर्णता के लिए।

मैं प्रेम करता हूँ
प्रेम की आत्मशक्ति से
प्रेम को प्रतिष्ठित करने के लिए
प्रेम को प्रेम की तरह समझने के लिए।

मैं तुमसे प्रेम करता हूँ
प्रेम का इज़हार किए बिना ही
आजीवन प्रेम का वरदान पाने के लिए
मैं तुमसे प्रेम करता हूँ
प्रेम की पूर्ण अनुभूति के साथ
अपने निश्चल प्रेम को
अपने अंतरतम में प्रणाम करता हूँ
मैं तुमसे प्रेम करता हूँ।

बोझिल पंख

पिंजरे के पक्षी
पिंजरे की सलाख़ों से
आकाश की असीम संभावनाओं को
कभी देख ही नहीं पाते
और असमय ही खो देते हैं
साहस ऊँची उड़ानों का
बिना पंख फैलाए ही।

पिंजरे के पक्षी
चारों पहर ख़ौफ़ में जीते हैं
ख़ौफ़ से ही सीखते हैं
हर ज़ुल्म सहन कर लेना
चुपचाप दाना चुगना और
पंख समेट सो जाना।

पिंजरे के पक्षी
सहम जाते हैं
ऊँची उड़ानों का
सपना देखने पर
और अपनी चीख से
पिंजरे के ख़िलाफ़ उठने वाली

हर एक आवाज़ को दबा देते हैं।

पिंजरे के पक्षी
गुलाम मानसिकता के हो जाते हैं
आकाश की हर एक आज़ादी को
हर एक सच्चाई को
जबरन झूठा ठहराते हैं
अपनी जान की कीमत देकर भी।

पिंजरे के पक्षी
बेबस हो जाते हैं
पिंजरे से कभी उड़ना नहीं चाहते
मुट्ठी भर दाने के लिए
खेत-खलिहानों में भटकना नहीं चाहते
मिहनत कर घोंसला बनाना नहीं चाहते
पिंजरे के पक्षी
खो चुके साहस के साथ
खो देना चाहते हैं
अपने बोझिल पंखों को भी।

पिंजरे के पक्षी
अपनी कातर आँखों से देखते हैं
दूर आकाश की ओर
और दम तोड़ देते हैं
अपनी ताक़त को जाने बिना ही
आकाश की असीम
ऊँचाइयों को छुए बिना ही
गुमनाम मौत के शिकार हो जाते हैं।

❐❐❐

मनुष्यत्व

ऐसे समय में
जी रहे हैं हम सभी
जहाँ सभी अच्छी चीजों को
वक़्त से पहले
विदा किया जाना है।

पक्षियों को तोड़कर घोंसला
आसमान में
विलीन हो जाना है।

संबंधों के पेड़ को
उखड़ जाना है
वक़्त की आँधी में।

सूर्य को अस्त
हो जाना है
अँधेरे से डरकर।

रास्तों को खो जाना है

मंज़िल से पहले ही।

गिद्धों को
लाश की राजनीति
करते देखना है
या ख़ुद गिद्ध हो जाना है।

मासूमों के हाथ में
किताब की जगह
थमा दिया जाना है
बंदूक।

गुनहगार की तरह
जीना है
स्त्री को
बेवज़ह।

भुला दिया जाना है
इतिहास को
गौरव को
आत्म उत्थान की
हर गाथा को।

खो देना है पीढ़ियों को
बूढ़ी आँखों में
अपनों के इंतज़ार के हर सपने को
अमूल्य धरोहर को।

विदा हो जाना है
संस्कार को

प्रेम को
परिहास को
क्षमा शक्ति कि
संस्कृति को
संवेदना को
कविता को
और
कवि को भी।

भावना से
वस्तु बनते
कठोर युग में
जगह ही नहीं
बची है अब
मनुष्यत्व के लिए।

❑❑❑

माँ का अकेलापन

भीड़ भरे शहर में
अकेली हूँ मैं
चीखती हूँ
भयावह सन्नाटे में
और लौट आती है
मेरी आवाज़
तुम तक नहीं पहुँचती।

तुम व्यस्त हो
या फिर भूल गए मुझे
तुम्हें नहीं है मेरी सुध
या फिर ज़रूरत नहीं रही
अब मैं।

कैसे कहूँ कि
ज़िंदगी के भयावह अँधेरे का
उजाला हो तुम
मेरी ज़िंदगी का
एकमात्र सहारा हो तुम

समय की धारा में
बची हूँ अब ठूँठ मात्र
चिता के ढेर पर
राख होने से पहले
तुमसे मिलने को
आतुर हूँ मैं।

अंतरतम में
ढूँढ़ती हूँ प्रकाश
और अँधेरे में डूब जाती हूँ
हर बार जुड़ती हूँ ख़ुद से
और टूट जाती हूँ
तुम बिन
जीने की कोशिश में
हर बार बिखर जाती हूँ।

अबकी आना
तो ले आना
ढेर सारा वक़्त
वक़्त मेरी
हर अनकही बातों के लिए
हर उस त्योहार के लिए
जो बीत गया है
तुम बिन।

अबकी आना तो
आँसू छोड़ आना
पत्थर हो गई हूँ मैं
मुझे देख मत रोना
अबकी आना तो फिर

हमेशा के लिए चले जाना।

विदा कर जाना
मुझे किसी घाट पर
मेरी मुट्ठी भर राख पर
आख़िरी बार
"माँ" लिख देना।

अमर हो जाऊँ
तुम्हारे शब्दों से
और बना रहे
तुम्हारा स्पर्श भी
इतनी सी ख़्वाहिश है कि
जाने से पहले
मेरी स्मृतियों को भी
कहीं दफ़न कर जाना
अबकी बार आना
तो फिर हमेशा के लिए
चले जाना
मेरे बेटे।

(बेटे के इंतज़ार में कंकाल बन चुकी माँ को समर्पित)

❑❑❑

माता-पिता

माँ दर्द से कराह उठती है
जब बच्चों को लगती है
चोट
पिता आँसुओं को
चुपचाप पी जाते हैं।

चोट से
सिहर उठता है जब बचपन
तब लिपट जाता है
माँ के कलेजे से
पिता के कंधे से
और
माँ की थपकियों से
पिता के फूँकने से
काफ़ूर हो जाता है
दर्द।

माँ की नज़रें
जब कमज़ोर होने लगती हैं

पिता चलते-चलते
गिरने लगते हैं
जूझने लगते हैं
चोट से
तब बच्चे पक्षियों की तरह
घोंसला छोड़
दूर कहीं बना लेते हैं
अपना आशियाना
और
माता-पिता रह जाते हैं
घर में अकेले
किसी पुराने सामान की तरह।

माता-पिता समझते हैं
अजनबी शहर की परेशानियाँ
और छुपा लेते हैं बच्चों से
हर वो बात
जो दिल को
चोट पहुँचाती हैं।

माता-पिता
अपने बच्चों के
वक़्त के मोहताज़ हो जाते हैं
और बच्चे
अपनी ज़िंदगी की
परेशानियों में क़ैद।

माता-पिता नहीं छोड़ पाते
अपने ख़यालात
पूजा-पाठ

रहन-सहन
खानपान के तौर-तरीके
और
बच्चे शहर की
छोटी कोठरियों में
नहीं दे पाते
माता-पिता को
पाँव पसारने की
थोड़ी सी जगह।

इस तरह
अनगिनत चोटों से
असहनीय हो जाती है
माता-पिता की ज़िंदगी
और जटायु की तरह
बेबस एवं लाचार भी।

❑❑❑

शब्द

औपचारिक होते समय में
औपचारिक हो गए हैं
शब्द भी
शब्द खो गए हैं
अतिशय शोर में
शब्दों ने खो दिया है
अपना विश्वास भी
शब्द अपने अर्थ के ही
मोहताज़ हो गए हैं।

औपचारिक होते समय में
शब्द
कठोर हो गए हैं
बिकाऊ हो गए हैं
लुभावने नारे में
तब्दील हो गए हैं
चौक-चौराहों पर इश्तहार बन
बाज़ार की वस्तु बन गए हैं।

शब्दों ने
चीख को भी
सीख लिया है
सलीके से बोलना
शब्द
अमीरों के तीमारदार हो गए हैं।

औपचारिक होते समय में
शब्द
निरर्थक पड़े हैं
किताबों में
कविताओं में
कहानियों में
शब्द
दम तोड़ रहे हैं
इतिहास के
बंद पन्नों में
सार्थक अर्थ की तलाश में।

औपचारिक होते समय में
शब्दों ने
शब्दों से
रिश्ता रखना छोड़ दिया है।

शब्द सिमटने लगे हैं
भाषाओं में
गीत-संगीत में
लोक संस्कृति में
शब्द
अब कामचलाऊ हो गए हैं

चंद अल्फ़ाज़ों में क़ैद हो गए हैं।

औपचारिक होते समय में
शब्दों ने
धारण कर लिया है
अपना-अपना
बहुमुखी अर्थ।

शब्दों से आहत होने लगी हैं
भावनाएँ
परंपराएँ
शब्द
हथियार बन गए हैं
शब्द
राजनीति के शिकार हो गए हैं।

औपचारिक होते समय में
शब्दों के चकाचौंध में
वो शब्द भी सिमट गया है
जिससे पनपा है
प्रेम
जिससे पनपी है
मानवीयता
जिससे पनपी है
संवेदनशीलता।

औपचारिक होते समय में
बिके हुए शब्दों ने
ऐलान कर दिया है
अपनी बादशाहत

और विरोधी शब्दों को
बाहर कर दिया है
जबरन
अनौपचारिक ठहराकर।

❑❑❑

हिंदी हूँ मैं

सदियों की सामासिक संस्कृति की शक्ति हूँ मैं
मानव जीवन की जीवंत अभिव्यक्ति हूँ मैं
समय की संवेदना का सारथी हूँ मैं
हिंदी हूँ मैं।

भाषिक परंपरा का गर्व एवं उत्थान हूँ मैं
बुद्ध का उपदेश, महावीर का ज्ञान हूँ मैं
धर्म-अध्यात्म, ज्ञान-विज्ञान हूँ मैं
हिंदी हूँ मैं।

शब्द संगीत, भाव प्राण हूँ मैं
नव प्रेरणा, नव गान हूँ मैं
सूर का कृष्ण, तुलसी का राम हूँ मैं
हिंदी हूँ मैं।

अंग्रेजी सत्ता की प्रतिकार, महात्मा गाँधी का विचार हूँ मैं
अमर शहीदों का अमर गीत, आज़ादी का नाम हूँ मैं
अमर सेनानियों की अभिलाषा का परिणाम हूँ मैं
हिंदी हूँ मैं।

आज़ाद भारत की आज़ाद आवाज़ हूँ मैं
ग़रीब-ग़ुरबा की ज़ुबान, वंचितों की ललकार हूँ मैं
रोजी-रोटी-रोजगार, भारत सरकार हूँ मैं
हिंदी हूँ मैं।

माँ की लोरी, किस्सा-कहानी, घर का अख़बार हूँ मैं
रीति-रिवाज, पर्व-त्योहार, परिवार का संस्कार हूँ मैं
गीत-संगीत की आत्मिक भाषा, प्रेम की परिभाषा हूँ मैं
हिंदी हूँ मैं।

भारत की वैश्विक पहचान, भारत का प्रेम-पैगाम हूँ मैं
जन-गण-मन का आत्म गौरव, आत्म सम्मान हूँ मैं
हिंद का अभिमान, हिंद-हिंदी-हिंदुस्तान हूँ मैं।
हिंदी हूँ मैं।

❑❑❑

आत्महंता

दिल में एक आग थी
जो अन्याय के ख़िलाफ़
मशाल बन जगाती थी मुझे
रात-रात भर जागता था
दुनिया को बदलने के सपने के साथ।

अपनी फटेहाली में
मैं पाता था
विचारों की अमीरी
अचंभित हो सुनता था
जल-जंगल-ज़मीन की
अन्यायपूर्ण कहानियाँ।

सोचता था कि विकास के वहशीपन में
कहीं खत्म न हो जाए यह दुनिया
अपराध में आकंठ डूबे हाथों से
कहीं बेमौत न मारी जाए मानवता
ग़रीब
अनुत्तरित न रह जाएँ

फिर अपने दुर्भाग्य की तरह।

विचारधाराओं की लड़ाई में
हारता हुआ देखता था
ग़रीबी को तो
खौलता हुआ पाता था अपने लहू को
देखता रहता था
ग़रीबी के नाम पर
मसीहा बने चेहरों को बिकते हुए
और एक नई सुबह की तलाश में
अँधेरे में दर-दर भटकता रहता था।

अब जबकि उस मुक़ाम पर हूँ मैं
कि मेरी ही मुट्ठी में बंद है
उजाला
मैं ख़ामोशी से देखता हूँ
अँधेरे को
अपनी चौखट पर दम तोड़ते हुए।

सौदा करता रहता हूँ
सच का झूठ के हाथों
और सच कहूँ तो
अन्याय की बुनियाद पर ही
गढ़ रहा हूँ मैं अपने सपनों की इमारत।

अतीत अब मेरे लिए
उस सीढ़ी की तरह है
जो मंज़िल पर पहुँचाकर
निरर्थक हो गई है
अन्याय के ख़िलाफ़ आग उगलने वाली

मेरी आवाज़
अब जी-हुज़ूरी की ग़ुलाम हो गई है।

अपने तमाम उसूलों से समझौता कर
हासिल कर लिया है
मैंने चमकता चेहरा
जबकि जानता हूँ मैं कि
आत्महंता हूँ
मैं अपनी ही ज़मीर का।

❑❑❑

प्रेम-पत्र

प्रेम-पत्र लिखते हुए
जब ढूँढ़ रहा होता हूँ
दुनिया के सबसे ख़ूबसूरत शब्द
तब तुम्हारे नाम से ज़्यादा ख़ूबसूरत शब्द
ज़ेहन में नहीं आता।

तुम्हारी आँखों से ज़्यादा ख़ूबसूरत तो
'ख़ूबसूरत' शब्द भी नहीं है
और यह ख़याल कि
प्रेम करती हो मुझे
मैं ख़ुद के ही प्रेम में डूब जाता हूँ।

तब सोचता हूँ
क्या लिखूँ प्रेम-पत्र में कि
तुम मेरे अंतरतम का प्रकाश हो
मौन अभिव्यंजना हो प्राणों की
मेरे तसव्वुर की नव प्रेरणा हो
संवेदना हो मेरी ज़िंदगी की।

जबकि जानता हूँ कि
शब्दातीत हो तुम
प्रेम का शाश्वत संगीत हो तुम
सृष्टि की सारी उपमा से परे हो तुम।

मेरे मीत
मेरे लिए
तुम प्रेम-पत्र की पवित्र आयत हो
तुम्हें बार-बार पढ़ना
ख़ुद में ही तुम्हें ढूँढ़ना है
और ख़ुद में ख़ुदा की तरह
तुम्हारी इबादत करते रहना है।

❒❒❒

एनटीपीसी हूँ मैं

एनटीपीसी हूँ मैं
मुझमें समाहित है शक्ति जल-थल-नभ की
मुझमें समाहित है शक्ति जन-गण-मन की
जन-गण-मन के सपनों का विस्तार हूँ मैं
एनटीपीसी हूँ मैं।

सिंगरौली की धरती का उद्भव एवं विकास हूँ मैं
ऊर्जा सेनानियों की अथक सेवा का परिणाम हूँ मैं
आलोकित है मुझसे भारत माता का हर घर-आँगन
हिम से सागर तट तक का उज्ज्वल विकास हूँ मैं
एनटीपीसी हूँ मैं।

कर्मठ ऊर्जा योद्धाओं की शान हूँ मैं
हजारों महारत्न परिवारों का त्याग हूँ मैं
लाखों लोगों की रोजी-रोटी-रोजगार हूँ मैं
देश के करोड़ों लोगों का अमिट विश्वास हूँ मैं
भारत माता का गर्व एवं उत्थान हूँ मैं
विश्व पटल पर भारत की पहचान हूँ मैं
एनटीपीसी हूँ मैं।

शक्ति से महाशक्ति की अनवरत यात्रा में
भारत की ऊर्जा क्षमता का अनंत आकाश हूँ मैं
आत्मनिर्भर रोशन भारत का पर्याय हूँ मैं
देश का आत्म गौरव, आत्म सम्मान हूँ मैं
भारत वर्ष का शाश्वत सूर्य हूँ मैं
एनटीपीसी हूँ मैं।

मुझसे रोशन है जन-जन का जीवन
अँधेरे जीवन का रोशन संसार हूँ मैं
ग़रीबों के चेहरे की मधुर मुस्कान हूँ मैं
जन सेवा को समर्पित नाम हूँ मैं
जन-जन का अभिमान हूँ मैं
जन-जन का प्यार हूँ मैं
एनटीपीसी हूँ मैं
एनटीपीसी हूँ मैं।

❑❑❑

जे.एन.यू में प्रेम

जे.एन.यू में प्रेम
या प्रेम में जे.एन.यू
मेरे लिए
एक ही शब्द हैं
एक ही भाव हैं
या यूँ कहूँ तो
जे.एन.यू की
पगडंडियों पर
पाँव के
दो निशान हैं
जिसमें एक मैं हूँ
एक तुम हो।

वो जो जे.एन.यू की पगडंडियों पर
हमारे साथ-साथ चलते रहते हैं
पेड़-पौधे
जिसे किसी अँधेरी रात में
पाँव फिसलने पर
थाम कर सँभल जाते हैं हम

तुम मेरे लिए
वो ही पौधा हो
जिसने थाम रखा है
मेरी साँसों को अब भी।

वो जो जे.एन.यू. की लाइब्रेरी में
किताबें ढूँढ़ते-ढूँढ़ते
अचानक एक किताब मिल जाती है न
जिसका एक-एक अक्षर
उतरने लगता है ज़ेहन में
जिसे पढ़ने लगते हैं हम ख़यालों में भी
तुम मेरे लिए वो ही किताब हो
जो जीवन को नए अर्थ दे रही हो अब भी।

जे.एन.यू के गंगा ढाबा पर
चाय की चुस्कियाँ लेते हुए
वो जो निग़ाह टिकी होती है न
रास्ते पर
और तुम्हारे आने से अचानक
रौनक लगने लगता है ढाबा
तुम मेरे जीवन की वो ही गंगा ढाबा हो
जिसकी स्मृतियों में जीकर
खुद को पुनर्जीवित करता रहता हूँ मैं।

वो जो जे.एन.यू की गर्मियों में
बेफ़िक्र लहलहाता रहता है न
अमलतास
जैसे कि उसे पता हो
धूप को छाँव बनने में देर नहीं लगती
उसी अमलतास की तरह

लहलहा रही हो तुम अब भी
मेरी ज़िंदगी की धूप में
ज़िंदगी को छाँव देने के लिए।

जे.एन.यू के पार्थ सारथी रॉक से
जब कभी भी देखता हूँ
दूर तक फैले हुए जे.एन.यू को
तो जे.एन.यू
तुम्हारे बिखरे बालों की तरह नजर आता है
जिसे अपलक देखना
संपूर्ण सृष्टि सौंदर्य को आत्मसात कर लेना है
मेरे लिए।

तुम मेरे लिए
जे.एन.यू की वो बेफ़िक्र शाम हो
जो अहले सुबह तक साथ निभाती थी
और यह भरोसा दिलाती थी कि
ज़िंदगी का साथ
सिर्फ़ उजाले का साथ नहीं होता।

मेरे लिए तुम अब भी
जे.एन.यू के
खिलखिलाते फूलों की लालिमा हो
और उस पर पसरा हुआ बेसब्र धूप हूँ मैं।

सुना था मैंने कि
कभी बौद्ध वृक्ष का एक पौधा लाकर
जे.एन.यू की धरती में रोप दिया गया था
और उसकी जड़े फैलती चली गईं थीं
जे.एन.यू के चट्टानों पर

तुम मेरे लिए वो ही बौद्ध वृक्ष हो
जिसके विस्तार से
जीवन में अनंत गहराई पाता हूँ मैं।

जे.एन.यू से विदा होते वक़्त
जे.एन.यू से साथ चली आई स्मृतियों को
सहेज रखा है मैंने ऐसे
जैसे पृथ्वी सहेज लेती है बीज
फिर-फिर जन्म देने के लिए पौधों को
वैसे ही मुझमें भी पनपता रहता है
तुम्हारा प्रेम
जीवन के बंजर समय में भी।

❑❑❑

विचार

विचारों के कोलाहल में
अपने स्वयं के विचारों पर
कभी विचार किया हो
मुझे याद नहीं।

कभी किसी विचार की
आँधी में मैंने
जला दिए घर
बुझा दिए दीये
कभी दिवास्वप्न दिखा
बदल लिया मुखौटा
कभी किसी विचार का
पिछलग्गू बन
पीटता रहा लकीर।

बमुश्किल कोई विचार
कभी ज़ाहिर भी किया मैंने तो
घेर लिया मुझे सैकड़ों हाथों ने
और मुझे भीड़ बना दिया।

आग उगलते विचारों के बीच
मैंने उन विचारों को भी
दम तोड़ते देखा
जो युद्ध में तलाशते हों
शांति
जो अज़ान में सुनते हों
मंदिर की घंटियाँ।

विचारों की अंतहीन लड़ाई में
विचारहीन विचारों का
शीर्ष पर काबिज़ होना
बेशक शीर्षस्थ लोगों के लिए
अहंकार का विषय बन गया हो
परंतु यह उन असंख्य लोगों के साथ
गद्दारी ही है जिनके मुद्दे
संसद सत्र की तरह
शोर-शराबा के भेंट चढ़ गए हों
और स्थगित कर दिए गए हों
अनिश्चित काल के लिए
देश हित के नाम पर ही।

विचारों के खेल में माहिर खिलाड़ी
अब सिर्फ़ भावनाओं से ही नहीं खेलते
बल्कि वे जलती आग में हाथ भी सेंकते हैं
और मसीहा भी बन जाते हैं।

विचारों के दिवालियापन में अब
बेशर्म विचारों ने प्रगतिशील विचारों का
चोंगा पहन लिया है

वाज़िब सवालों को ख़ारिज करने के लिए
कुतर्क गढ़ लिए गए हैं।

जन विचारों के कथित प्रहरी
एकांगी विचारधारा के प्रवक्ता बन गए हैं
लोकतांत्रिक विचारों की हत्या को भी
विशेषाधिकार बताया जाने लगा है।

इससे बड़ा दुर्भाग्य
इस देश के लिए क्या होगा कि
इस देश में भूख
अब भी एक विचार है और
रोटी
हवस
यह देश
दरिद्र हो चुका है अब
विचारों से भी।

❑❑❑

कविता

नहीं लिख रहा हूँ
कोई कविता
नहीं व्यक्त कर रहा हूँ
कोई विचार
जैसे कि विचारों ने
फ़ैसला कर लिया हो
कि अब नहीं होना है
किसी के ख़िलाफ़।

वक़्त के बहरेपन में
मुझमें मर रहीं हैं
कविताएँ
और एक कवि में
कविता का मर जाना
हमारे समय का
सबसे ख़ौफ़नाक सच है।

और सच यह भी है कि
ज़ुबान की ख़रीद-फ़रोख़्त में

जो कवि बच गए हैं
वो ही बहिष्कृत हैं
कवि समाज से भी।

अधीर समय ने
एक कवि को
सुनने का धैर्य खो दिया है
धैर्य से सुने जाने लगे हैं
अकवि।

अब जबकि
अनसुने समय में बोलना
ख़ुद को बेवज़ह साबित कर देना है
बोलने की
कोई मुकम्मल वज़ह तलाश रहा हूँ मैं
अँधेरे में
अँधेरे के ख़िलाफ़ होने के
नए मायने तलाश रहा हूँ मैं।

❑❑❑

भूख

अघाए हुए
अधमरे चेहरों के बीच
जीने की भूख बची रहे
बची रहे आत्मा
दुरात्माओं से भी।

अघोषित युद्ध में कहीं
मोहरा न बना दिया जाऊँ मैं
अपने दम पर चलने की
क़ाबिलियत मुझमें बची रहे।

यह जानते हुए कि
अनसुना कर दिया जाऊँगा मैं
बेबाक बोलने की
आग मुझमें बची रहे।

ऐसे विकट माहौल में
जबकि सच के पक्ष में होना
पंखविहीन हो

उड़ने का हौसला बचाए रखना है
खुले आसमान से विद्रोह करने की
ताक़त मुझमें बची रहे।

बची रहे मुझमें
भूखे भेड़िये से
मासूमियत बचाने की भूख
बचा रहूँ मैं
ख़ुद को ख़ुदा समझने से भी।

❏❏❏

चीख़

झूठ को झूठ कहूँगा तो
झूठ के हाथों
नुमाइश की वस्तु बना दिया जाऊँगा
लात-घूँसों
अपशब्दों से नवाज़ा जाऊँगा
सरेराह।

झूठ को झूठ कहूँगा तो
झूठ के हाथों हीं
मारा जाऊँगा
यक़ीनन एक दिन।

डर और आतंक से
सहमे हुए समय में
चुप रहना
फिर भी मुमकिन नहीं
मेरे लिए।

अपनी आवाज़ का

गला घोंटने से कहीं बेहतर है
ज़ुबान
खींच ली जाए मेरी
सच की बुनियाद पर ही
और मेरी चीख
गूँजती रहे
वहशीपन के अंत होने तक।

❑❑❑

एक आग

मोमबत्तियाँ
अंधेरों के साथ हो गई हैं
मोमबत्तियों ने तय कर लिया है
जलने की बजाय बुझ जाना।

मोमबत्तियों ने
घुप्प अंधेरों के दंभ में
उजाले को गुनहगार
ठहरा दिया है।

मोमबत्तियों ने गढ़ ली हैं
अन्याय की अनगिनत कहानियाँ।

गुमराह हवाएँ
मोमबत्तियों की शह पर
जलाने लगी हैं बस्तियाँ।

सुबह के उजाले में
अँधेरे बेनक़ाब हो गए हैं

मोमबत्तियाँ
ढूँढ़ रही हैं
अपना प्रकाश
और एक आग
जो उन्हें रोशन कर सके।

❑❑❑

आँखें

आँखें जब देखती हैं
भूख
तब चुप रहती हैं।

आँखें जब देखती हैं
बेबसी
तब लाचार बन जाती हैं।

आँखें जब देखती हैं
अन्याय
तब सब सह जाती हैं।

आँखें जब देखती हैं
दर्द
तब कठोर हो जाती हैं।

आँखें
दुनिया की तरह
खोखली

संवेदनहीन
स्मृतिहीन
हो गई हैं।

आँखों के सपने
इस इंतज़ार में
बूढ़े हो गए हैं कि
घोर कालिमा से
घिरी रात का
उजास कहीं हो।

□□□

माँ

माँ
जब राह चलते-चलते
थक जाता हूँ।

जब साथ छोड़
निकल जाते हैं
सभी संगी-साथी।

जब रह जाता हूँ
भीड़ में अकेला।

जब टूट जाती है
सब आस
तब तुम बहुत याद आती हो
माँ।

कभी सोचा कहाँ था
एक दिन
ऐसा होगा

जब सब कुछ होगा
मेरे पास और
तुम नहीं होगी
माँ।

वो बचपन
तुम्हारी थपकी से
गहरी नींद में
खो जाने का सुख
वो तुम्हारे कौर से
खाने का स्वाद
तुम्हारी आँचल की छाँव
अब कहाँ।

न वह नींद
न वह स्वाद
न वह छाँव
तुम बिन
मैं कुछ भी तो नहीं
माँ।

तुमने चाहा
कभी भूखा न रहूँ मैं
तुमने चाहा
मुस्कराता रहूँ मैं
तुमने चाहा
सारी खुशियाँ सिमट जाएँ
दामन में मेरे
तुमने चाहा
मुझ पर रहे

देवी-देवताओं का आशीर्वाद।

तुम भूखी रही
मेरे सपनों के लिए
तुम जीती रही
मेरी खुशियों के लिए।

तुम्हारे सब सपने
साकार हुए
माँ
पर तुम बिन
मेरे जीवन में
सब कुछ अधूरा है
माँ
सब जगह अँधेरा है
माँ
रिश्तों की भीड़ में
तुम बिन
बहुत अकेला हूँ माँ
तुम्हारी यादों के सहारे
किसी तरह
जिंदा हूँ माँ।

❑❑❑

एक अकेली स्त्री होना

एक अकेली स्त्री होना
हैवानियत भरी नज़रों से
ख़ुद को बचाने के लिए
अपनी अंतरात्मा को मार देना है
गूँगी आवाज़ में चीखना
और बाहर चुप हो जाना है।

एक अकेली स्त्री होना
वीभत्स मानसिकता से
ख़ुद को महफ़ूज़ बनाए रखने का
ख़्वाब बचाए रखना है
अपनी बेगुनाही के बाद भी
बेशर्म सवालों से
शर्मसार होते रहना है।

एक अकेली स्त्री होना

दरिंदगी से गुजरने के बाद भी
दरिंदों के हमदर्द धृतराष्ट्रों से
न्याय की उम्मीद बचाए रखना है।

एक अकेली स्त्री होना
बेवज़ह की बंदिशों में बंध जाना है
मौत के मुँह में समा चुकी
मासूमियत को
बेबस आँखों से देखते रह जाना है।

एक अकेली स्त्री होना
आसमान की ऊँचाई को छूने की चाहत लिए
बंद खिड़कियों में दम घुट जाना है।

एक अकेली स्त्री होना
समाज की नज़र में
नुमाइश की वस्तु बन जाना है
भद्दी गालियों, चुटकुलों में तब्दील हो
उपहास का पात्र बन जाना है।

एक अकेली स्त्री होना
बेख़ौफ़ हाथों के लिए
खिलौना बन जाना है
अधिकार, शोषण, अत्याचार के
बड़े-बड़े भाषणों के बाद
मनोरंजन का साधन बन जाना है।

एक अकेली स्त्री होना
अंतहीन समझौता हो जाना है
वक़्त को कसकर मुट्ठी में दबाए हुए

ज़िंदगी के कठोर फैसले से गुज़र जाना है।

एक अकेली स्त्री होना
अंततः सीता हो जाना है।

❑❑❑

मछलियाँ

मगरमच्छों के इतिहास में
मछलियों के दर्द की
कोई कहानी नहीं होती।

मगरमच्छों के लिए
मछलियाँ
सिर्फ़ स्वाद और भूख होती हैं।

मगरमच्छ जानते हैं
उनका वजूद नहीं है
मछलियों के बिना
फिर भी रहम नहीं करते।

मगरमच्छ
मछलियों की जान से
खेलते हैं बेपरवाह।

मगरमच्छ अपने शोर से
दबा देते हैं

छटपटाती मछलियों की
चीख।

मछलियाँ
जिस दिन मगरमच्छ का
शिकार होने से बचना सीख लेंगी
मिलकर लड़ना सीख लेंगी
उस दिन मछलियों के इतिहास में
मगरमच्छ
दुम हिलाते नज़र आएँगे।

❑❑❑

बुज़दिली

बेख़ौफ़ हाथों द्वारा
नंगा कर देने से
स्त्री नहीं
सोच नंगी हो जाती है
समाज की।

वो व्यवस्था नंगी हो जाती है
जिसने शपथ ली है
सुशासन की।

वो मंशा
नंगी हो जाती है
जो फँसी हैं
बेवज़ह के कुतर्कों में।

वो आँखें नंगी हो जाती हैं
जो स्वाद की तरह परोसती हैं
ख़बरों को।

वो मर्यादा नंगी हो जाती है
जिसके आवरण में
अनावृत हो गई है स्त्री।

वो स्त्री नंगी हो जाती है
जिसने आँख पर
पट्टी बाँध रखी है
भरी अदालत में।

वो शिक्षा नंगी हो जाती है
जो सिखाती है
'यत्र नार्यस्तु पूज्यन्ते रमन्ते तत्र देवता'।

वो नियत नंगी हो जाती है
जो हैवानियत से भरी है
इबादत के बाद भी।

हम सब नंगे हो जाते हैं
अपनी-अपनी बुज़दिली में।

❐❐❐

किताब

किताबों ने पढ़ाया
प्रेम
और हम नफ़रत सीख गए।

किताबों ने सिखाई
संवेदनशीलता
और हम कसाई बन गए।

अब दुनिया की भीड़ में
ख़ुद को खोकर
खड़ा हूँ
स्तब्ध।

सीखा हुआ
खोने के लिए
खोया हुआ
पाने के लिए।

तिलांजलि देने के लिए
उन अर्थों को
जो प्रेम को
नफ़रत
और संवेदनशीलता को
कसाई
पढ़ना सिखा गए।

❑❑❑

अभिशप्त जीवन

रिश्ते में
प्रेम की तलाश में
भटकते-भटकते
नफ़रत से भर गया मैं।

हर एक तकरार पर
टूटते विश्वास में
टूट गए रिश्ते के साथ
टूट गया मैं भी
वक़्त-दर-वक़्त
बिखर गया
अपने अंदर ही।

ज़िंदगी के
अंतिम पहर में
अनायास ही
अर्थ खोने लगे हैं
वो सारे मुद्दे

जिन्हें पाकर
खो दिया था
मैंने रिश्ता।

अब टूटे हुए
रिश्ते में
न जाने कैसे
देखने लगा हूँ मैं
प्रेम
जैसे कि
वक़्त ने रिश्तों के घाव पर
लगा दिया हो कोई मरहम।

मेरे लिए
अब यह दुनिया
स्याह हो गई है
अकेले जीने की
पुरजोर कोशिश में
जीना ही भूल गया हूँ मैं
वर्षों से नहीं देखी है मैंने
अपने चेहरे पर
कोई भी मुस्कराहट।

जीवन की सफलताएँ
मेरे अकेलेपन में
असफल हो गई हैं
रिश्ते की गर्माहट की चाह में
सिकुड़ता ही जा रहा है
शेष जीवन।

ख़ुद को मज़बूत
करने के वादे के साथ
रोज उठता हूँ सुबह
और ख़ुद में टूट जाता हूँ
शाम ढलते-ढलते।

उस एक उदास काली रात को
अगर थाम लेता मैं हाथ
तो बच सकता था रिश्ता
जैसे बच जाती है चिड़िया
भयावह आँधी में भी
एक-दूसरे के साथ पंख समेटे।

आँधियों में
अचानक जड़ से उखड़ गए
हरे-भरे वृक्ष की भाँति
देखता रहता हूँ ख़ुद को सूखते हुए
टूटता रहता हूँ
ज़िंदगी की शाख़ से
बिखरता रहता हूँ
सूखे पत्तों की मानिंद
और अपनी धरती से कभी
न जुड़ पाने की टीस लिए
जीता रहता हूँ मैं
अभिशप्त जीवन।

❑❑❑

एक कवि का जाना

एक कवि का जाना
सिर्फ़ कविता का
अंत नहीं होता
अंत होता है
उस आवाज़ का भी
जो अभिव्यक्त करती है
सृष्टि को।

अंत होता है
उस दृष्टि का भी
जो प्रकृति में देखती है
प्रेम।

अंत होता है
उन संवेदनाओं का भी
जिनके बिना
हृदयहीन हो जाती है
दुनिया।

एक कवि का जाना
हमारे सपनों का
मर जाना है।

उदास रातों में
चाँद का खो जाना है
एक कवि का जाना
आँखों की रोशनी का
असमय छिन जाना है।

❑❑❑

आईना

पता नहीं लोगों की ज़िंदगी कि
क्या कहानी होती है
मुझे तो अपनी अस्मत
हर रात लुटानी होती है।

कभी जाना ही नहीं मैंने
मुहब्बत और दिल का रिश्ता
मुझे तो उदासियों के साथ ही
ज़िंदगी बितानी होती है।

बेवज़ह थोड़े से ज़ख़्म से
कराहते हैं लोग
मेरे शरीर पर तो
हर एक शख़्स की निशानी होती है।

लोग भी उलझ जाते हैं
मुहब्बत की बातों में
मुहब्बत में भला क्या अब
कोई मीरा कृष्ण की दीवानी होती है।

ज़िंदगी से मर चुके

लोगों की क़ब्रगाह हूँ मैं
और तुम पूछते हो
मेरी कोई जवानी होती है।

मैं जानती हूँ
पेट की आग और औरत की हक़ीक़त
तुम सोचते हो
हर औरत की अलग कहानी होती है।

गुमनाम अँधेरे में
इस क़दर क़ैद हूँ मैं
कि मुझे हर रात अपनी
मय्यत ख़ुद सजानी होती है।

मत पूछो
मेरे दर्दे-दिल का हाल तुम
तुम्हारी ख़ामोशी की वज़ह से ही
एक औरत की सरेआम नीलामी होती है।

कैसे कहूँ कि
तुम समझ लोगे मेरे जज़्बात
मुझे अपनी आँखों में
हर शख़्स की पहचान छुपानी होती है।

मत छेड़ो मेरे ज़ख़्मों को
अब रहने भी दो मुझे तन्हा
हमदर्दी दिखाने वालों पर भी
मुझे अब हैरानी होती है।

❒❒❒

आग

भीड़ तंत्र में
गुम हो रहे
मुद्दों को
मुकम्मल आवाज़ देने के लिए
अपने अंदर
आग बचाए रखना ज़रूरी है।

इस भयावह समय में
सच के पक्ष में
बेबाक होकर
अपनी बात कहने के लिए
अपने अंदर
आग बचाए रखना ज़रूरी है।

लोलुप दुनिया में
अपने ज़मीर को
ज़िंदा रखने के लिए
अपने अंदर

आग बचाए रखना ज़रूरी है।

अन्याय के समर में
मर रहे मानवीय मूल्यों को
जीवित रखने के लिए
अपने अंदर
आग बचाए रखना ज़रूरी है।

बेतहाशा भागती ज़िंदगी में
बिखर रहे संबंधों को
सँजोने के लिए
अपने अंदर
आग बचाए रखना ज़रूरी है।

नफ़रतों के बीच
प्रेम की उम्मीद बचाए
रखने के लिए
अपने अंदर
आग बचाए रखना ज़रूरी है।

धारा के विपरीत चलते हुए
अकेले पड़ जाने पर
ख़ुद का साथ देने के लिए
अपने अंदर
आग बचाए रखना ज़रूरी है।

इससे भी कहीं ज़्यादा ज़रूरी है
अपने अंदर की आग को
कमतर न आँकना
और ग़ुलाम रोशनी बन

ख़ुद को
बुझ जाने से
बचा लेना।

❏❏❏

राम बनना ही काफ़ी नहीं

राम बनना ही काफ़ी नहीं
वंचितों की रक्षा के लिए
हर एक रावण के ख़िलाफ़
मुस्तैदी से खड़ा होना भी ज़रूरी है।

सिर्फ़ हाथों में अंगारे
लेकर चलने से क्या हासिल होगा
इस डरावने अँधेरे के ख़िलाफ़
एक मुकम्मल मशाल जलाना भी ज़रूरी है।

सिमट गई हैं ग़रीबों की अँतड़ियाँ भूख से
अनगिनत भीख माँगते हाथों को
अपनी ही खोई हुई ज़मीन पाने के लिए
एक दूसरे का हाथ थामना भी ज़रूरी है।

मैं नहीं कहता कि
सब कुछ यूँ ही सहन करते जाओ साथी
सड़ी हुई व्यवस्था के ख़िलाफ़

निर्णायक लड़ाई में लामबंद होना भी ज़रूरी है।

हम और तुम तो
मोहरे भर हैं हुक्मरानों के
बढ़ते अत्याचार को ज़मींदोज़ करने के लिए
हर एक कंठ को
प्रतिरोध की आवाज़ बुलंद करना भी ज़रूरी है।

आओ तुम भी साथ दो न मेरा
इस व्यवस्थागत महासमर में
तुम्हें अपनी अंतरात्मा को
अब एक नई धार देना भी ज़रूरी है।

गूँगे कहे जाओगे
अगर अब चुप रहे
बेबस, लाचार बने रहने का वक़्त नहीं यह
तुम्हें ही उठाना है भार कंधे पर
तुम्हें अब अपनी ताक़त दिखाना भी ज़रूरी है।

किसके भरोसे बैठे हो तुम अब तक
तुम्हें गुमराह करने वालों को
अब सबक सिखाना भी ज़रूरी है।

बदल दो हर एक तस्वीर अपने घर की
जो तुम्हें धोखा देती हों
शोषितों की तक़दीर बदलने के लिए
तुम्हें एक नया इतिहास लिखना भी ज़रूरी है।

कब तक बंद रखोगे
ख़ुद की ही तक़दीर अपनी मुट्ठी में

उठो, जागो तुम्हें धूल समझने वाली हवाओं को
आँधी बन जगाना भी ज़रूरी है।

तुम्हारी ही जागीर है यह सब कुछ
तुम्हारा ही अपना वतन है
तुम्हारे ही विचारों में घर बनाए
काफ़िरों को भगाना भी ज़रूरी है।

अगर चाहते हो शांति से जीना मेरे साथी
तो राम की तरह ही एक बार
ख़ुद के रावण को मारना भी ज़रूरी है
और गुज़ारिश यह भी है कि
हर एक रावण के ख़िलाफ़ लड़ते हुए
ख़ुद को रावण बनने से बचाना भी ज़रूरी है।

❑❑❑

छोटे लोग

कुछ लोग जानवर की तरह होते हैं
जो बेरहमी से कुचल देते हैं
इंसानियत को सड़क पर
अपने ग़ुरूर में।

और कुछ जो बेरहमी से रौंदे गए
अनजान व्यक्ति में भी
अपनों की तरह
जीने की आस खोजते हैं
दुआ करते हैं
मन्नत माँगते हैं
ताकि मानवता को ज़िंदा रखा जा सके
प्रेम को नफ़रत के बाज़ार में
शर्मिंदा होने से बचाया जा सके।

मेरी निग़ाह में
वो लोग बड़े होते हैं
जो दरअसल
समाज की निग़ाह में छोटे होते हैं।

जो सूट-बूट पहनना नहीं जानते
बोलने का सलीका नहीं सीख पाते
परंतु सड़क पर गिरे हुए
अनजान व्यक्ति को भी
सहारा देने से नहीं चुकते।

रात-दिन अपनों से लड़ने के बावजूद
फूटपाथ पर सोकर
ज़मीन बेचकर
बड़े अस्पतालों में
अपनों का इलाज कराते हैं
बार-बार दुत्कारे जाने पर भी
आत्मविश्वास नहीं डगमगाता
असीम सहनशीलता के साथ
बर्दाश्त कर जाते हैं वे सब कुछ।

जब तक इन बड़े लोगों को
हम छोटा समझने की भूल करते रहेंगे
हम छोटे रह जाएँगे
तमाम संभावनाओं के साथ
हम संकुचित रह जाएँगे।

❑❑❑

नन्हीं सी चिड़िया

एक नन्हीं सी चिड़िया थी
तुम सी
डरती सी
घबराती सी
एक नन्हीं सी चिड़िया थी।

काँप जाते थे उसके भी पाँव
जैसे सिहर जाती हो तुम
अनहोनी पर।

पर रुकते कहाँ थे
नन्हीं चिड़िया के क़दम
जैसे तुम चलती रहती हो
अनथक।

कोई खास वज़ह थी
जीने की
नन्हीं चिड़िया के जीवन में
तुम्हारी ही तरह।

तुम्हारी ही तरह

दर्द से गहरा रिश्ता था
नन्हीं चिड़िया का भी।

घायल थी नन्हीं चिड़िया
पर लड़खड़ाकर चलती थी
तुम्हारी ही तरह
अपने वजूद के लिए।

घनघोर आँधियों में भी
नन्हीं चिड़िया को
हौसला देते थे
उसके अपने ही पंख
ऊँची उड़ानों का
तुम्हारी ही तरह।

तुम्हारी ही तरह
नन्हीं चिड़िया
देख रही है जग को
अपनी कातर आँखों से
और हँस रही है जग पर
जैसे जग हँसता है उस पर।

❑❑❑

जीवन संघर्ष

दिल को एक
संबल चाहिए
जीने के लिए।

एक राह चाहिए
मंज़िल तक
पहुँचने के लिए।

एक छत चाहिए
बसर करने के लिए।

ज़िंदगी में
'चाहने' और 'होने'
का जो फ़र्क़ है
वही जीवन संघर्ष है।

❑❑❑

आत्म चेतना

ठहर सा गया हूँ मैं
या कि ठहर गई है
वो आत्म चेतना
जो आँखों में आँसू
दिल के दर्द देख
सो नहीं पाती थी।

कहीं सचमुच
अँधेरे में तो नहीं
खो गया हूँ मैं
जहाँ ज़िंदगी
उजाले की
मोहताज़ भी नहीं रही।

वो आवाज़ें
जो गूँजती थीं
आसमानों तक
वक़्त के साथ
खो गई हैं मुझमें।

सारी रात
टकटकी लगाकर
अँधेरी रात से
नज़रें मिलाने वाली
मेरी आँखें
आख़िर क्यों
भूल गईं हैं
उन सपनों को
जिसके बिना
जीवन का कोई मक़सद
नहीं था।

मज़बूरियाँ
अब नहीं हैं
और नहीं है
वो आग
जिसने ज़िंदा रखा था मुझे।

अब जो कुछ है
वो ठहरा हुआ जल है
जो ख़ूबसूरत तो है
पर बेमानी है
धोखा है उन उसूलों का
जिसे हासिल किया था
मैंने अपना सबकुछ खोकर।

❏❏❏

जिजीविषा

अजीब सा शख़्स रहता है मुझमें
कि जितना मेरे शब्दों का
गला घोंटते हैं बेरहम
उतना ही मेरे शब्द
फौलाद बनकर
फिर-फिर छा जाते हैं अंतर्मन पर।

दमन के हर कुचक्र से
ऊपर उठता जाता हूँ मैं
क्योंकि मैं जानता हूँ कि
बौनापन होना
एक बरगद की मौत हो जाना है।

ज़ुल्म से हारती नहीं है
मेरी जिजीविषा
मेरे दर्द कुरेदते रहते हैं मुझे
शब्दों का धार बनकर।

छुपा कर रखता हूँ

थोड़ी सी आशा
दिल में
ताकि पत्थर दिल होने से
बचा सकूँ ख़ुद को
इस अमानवीय दुनिया में।

बेशक जकड़ दिए गए हों पाँव
वक़्त के जज़्बातों से
मैं सैलाब को अपने
समंदर बनाता जाता हूँ।

चाहता हूँ एक समंदर
तुममें भी हो गरजता हुआ
देता हुआ माकूल जवाब
हर इक जुर्म को
ताकि बची रहे मासूमियत
बची रहे मानवता।

❑❑❑

अंतहीन प्यास

शब्द खो चुके हैं अपना अर्थ
या कि अर्थहीन हो गई हैं संवेदनाएँ।

दर्द भरे स्वर खो चुके हैं अपना कंठ
या कि दफ़न
कर दिया गया है ईमान को।

अतिशय शोर से थरथराने लगी है धरती
या कि भय ने प्रेम को विषाक्त कर दिया है।

जंग जीतने की हताशा फैली है हर कहीं
या कि विवश हो गई है मनुष्यता?

विकास के अधनंगेपन में खोई है दुनिया
या कि सिसक रही है सभ्यता?

नफ़रत से धधकती धरती में बची है
सिर्फ़
अंतहीन प्यास
पत्थर हो जाने की।

□□□

मेरी हिंदी माँ

तुमने ही तो कहा था
एक दिन
अतिथि आओ हमारे द्वार।

तब तुम कहाँ जानती थी?
कि तुम बुला रही हो
तुम्हें ही मिटा देने वाली
तुम्हें ही तोड़ देने वाली
आँधी को
जो धीरे-धीरे
आँगन में खेलने लगी थी तुम्हारे।

कुछ कुशल आँखें
तभी पहचान गईं थीं
कि हटाना ही होगा
तुम्हारे आँगन में छुपे तूफान को
परंतु, तुम्हारे बेटों को भा गई थी
विदेशी बहू।

और एक दिन
घर से निकाल दी गई थी
तुम चौराहे पर
जहाँ आंदोलन बन गई थी तुम।

तुम्हारे साथ खड़े थे
महात्मा गाँधी
देश की भावनाओं के साथ।

अब गाँधी नहीं
उनकी सोच नहीं
उनके सपने नहीं
तो मारे-मारे फिरती हो तुम
गली-चौक-चौराहे पर।

कुछ सनकी बेटे हैं तुम्हारे
जो पूजते हैं तुम्हें
पर अपनाते नहीं
छोड़ आए हैं वे
तुम्हें राजपथ पर
जहाँ सेंकीं जाती हैं
तुम्हारे नाम पर
राजनीति की रोटियाँ।

तुम हमारी माँ हो
यह मानता है देश
पर जीता है वह
विदेशी बहू के साथ
शौक़ से।

तुम पगली हो
इस देश के लिए
या पागल है यह देश
नहीं जानता।

सोचता हूँ
फिर गाँधी आएँगे
तुम्हें पहचान दिलाने के लिए
तुम्हें घर लौटाने के लिए
फिर गाँधी आएँगे
मेरी हिंदी माँ।

❑❑❑

राम

राम
छोड़ देते हैं
महल
सुख
वैभव
सब कुछ
पाने के लिए
स्वयं को
अनेक रूपों में।

निकल पड़ते हैं
अनज़ान पथ पर
यह जानते हुए कि
पग-पग पर
चुभेंगे काँटे
वे आह तक नहीं करते
और
दर्द से मर जाते हैं
पिता

राज वैभव के साथ।

रावण को मारकर
राम पा लेते हैं
अपना विराट स्वरूप
और
लौटकर अयोध्या में
राम
खो देते हैं
स्वयं को।

रावण अब भी
अट्टहास करता है
जब–जब पराजित होते हैं
राम
जीत कर भी
सब कुछ
हार जाते हैं
अपनों के द्वारा।

आज भी
व्याकुल होती है
सीता
जब निकाल दी जाती है
स्त्री
घर से
मर्यादा के नाम पर।

आज भी
बिछड़ते हैं

उर्मिला-लक्ष्मण
अपने ही
घर के टूटने के सवालों पर।

वक़्त
पूछता है
हमसे
आपसे
क्यों अब भी
पराजित होते हैं राम?
क्यों आज भी
निकाल दी जाती है सीता?
क्यों अब भी
बिछड़ जाते हैं उर्मिला-लक्ष्मण?
हमें बनाते-बनाते
क्या बता सकते हैं आप?

❐❐❐

खुशियाँ

खुशियाँ
ढूँढ़ रही हैं
तुम्हें
हर उस रास्ते पर
जहाँ से गुज़रना है
तुम्हें एक न एक दिन।

खुशियाँ
वहाँ भी थीं
जहाँ छोड़
आए हो तुम अपना
बचपन
कागज की नाव
भाई की पतंग
बहन के खिलौने।

खुशियाँ
दिल के किसी कोने में
अब भी पड़ी हैं

इंतज़ार में खड़ी हैं
कि तुम उन्हें
बुलाओ
और वो दौड़ी चली आएँ
नन्हीं बेटी की तरह।

क्या तुम खुशियों को बुला सकोगे?
अपना सकोगे
छोटी–छोटी बातों में
मुस्करा सकोगे?

हँस सकोगे
हर एक ज़ख़्म पर भी
उदासी को हँस के गले लगा सकोगे?

क्या तुम दीप बुझने से पहले
उजाला ला सकोगे
पल-पल गुनगुना सकोगे?

खुशियाँ पाने के लिए
खुशियाँ बाँट सकोगे
बतलाओ न
क्या तुम खुशियों को घर ला सकोगे?

❑❑❑

वक़्त लगता है

सफ़र तय करने में
वक़्त लगता है
चाहे यह सफ़र ज़िंदगी का हो
या संबंधों का
उसे समझने में भी
वक़्त लगता है।

जो दूरियाँ मिटाने लगते हैं
स्लेट पर लिखे शब्दों की तरह
उन पर भरोसा करने में भी
वक़्त लगता है।

जिन संबंधों को छोड़ आए हों
आप वक़्त के हाथों
उस वक़्त को बदलने में भी
वक़्त लगता है।

जो भी साँसें हैं ज़िंदगी में

सब वक़्त का ही तो है
और यह समझने में भी
वक़्त लगता है।

❐❐❐

रिश्ते नहीं मरते

रिश्ते नहीं मरते
मरता है वक़्त
रिश्ते दिल के किसी कोने में
ज़िंदा रहते हैं
अपनी कुलबुलाहट के साथ
बेहतर कल की आशा में।

रिश्ते पेड़ की डाल की तरह नहीं
जो टूट गए तो कभी जुड़ न पाएँ
रिश्ते बदलते वक़्त के साथ
फिर उगते हैं
जैसे उग आती हैं नई कोंपलें।

दिल से जो उतर चुके हैं
वे ही सबसे ज़्यादा याद आते हैं
हर नए चेहरे में आप ढूँढ़ते हैं
वही पुराना चेहरा।

कैसे कहें कि रिश्ते मरते हैं

रिश्ते लौट-लौट कर
आँसू बन उभरते हैं
माँ के आँसू में होते हैं
छोड़ गए बच्चे
पिता के आँसू में होते हैं
बिछड़े भाई
प्रेमी के आँसू में होती है
प्रेमिका।

न जीव, न जंतु
कोई मुक्त नहीं है रिश्तों से
चिड़िया सेती ही है अंडे को
ताकि जीवित हो सकें बच्चे
एक दिन उड़ान भर छोड़ जाने के लिए।

रिश्ते नहीं मरते
मरता है वक़्त
और नए वक़्त में
फिर-फिर जी जाते हैं
रिश्ते
नए-नए रूपों में
अनवरत।

❐❐❐

किसी का साथ

किसी का साथ
एक सा नहीं रहता
नहीं रहती नदी एक सी
नहीं रहता आकाश एक सा।

बदलना अपनों का
बुरा मानते आए हैं हम
नहीं चाहते कि बदले कुछ भी
संबंधों के दरम्या।

पर दुनिया बदलती ही रहती है
बदलता ही है वक़्त
बदले हुए वक़्त में
बदलते ही हैं हम।

बदलते-बदलते
हमें ख़ुद ही यकीं नहीं होता
कि हम क्या हो गए हैं
कहीं पहुँचने की ख़्वाहिश में

हम जहाँ पहुँचते हैं
शायद वहाँ पहुँचना ही नहीं था हमें।

थामने वाले हाथ भी
छूटते ही हैं एक दिन
जैसे साँस एक दिन
छोड़ ही देती है साथ
वैसे ही किसी का साथ
एक सा नहीं रहता।

❑❑❑

ज़िंदगी की नाव

ज़िंदगी की नाव को
चलना ही है
तूफानों में
बिना रुके, बिना थके
ताकि चलती रह सके
जीवनदायिनी साँस
ज़िंदगी की नाव को गति देते हुए
ताकि जलती रहे लौ
आत्मा की
तब तक
जब तक कि
ज़िंदगी की नाव
समय के सागर में न मिल जाए।

बिकी हुई साँसें
गिरवी रखी आत्मा से
ज़िंदगी की नाव को
भले मिल जाए किनारा
पर मुक्ति कहाँ है?

मुक्त होना है
समय से
समय के झंझावातों से
समय के सवालों से टकराते हुए
उस मुक़ाम पर पहुँचना है
जहाँ सिर्फ़ मैं हूँ
मेरे साथ नहीं है कोई पहचान
न कोई धर्म, न कोई जाति
न कोई पद, न कोई प्रतिष्ठा
न कोई लोभ, न कोई घृणा।

मेरे साथ है सिर्फ़ प्रेम
आत्म से भी, परमात्मा से भी
ताकि चलती रह सके
जीवन की नाव
जीवन के तूफानों में भी
अनवरत।

❑❑❑

किससे कहना है

उससे जो सुनना नहीं चाहते
या उससे जो सुनना चाहते हैं
अपनी ही बात
आपके शब्दों में
या उससे जिसके पास मौजूद है
हर एक प्रश्न का
अपना ही उत्तर
किससे कहना है?

विचारों की इस आँधी में
विचारधारा के नाम पर
सरेआम हो रहे कत्लेआम के लिए
किससे कहना है?

बिकी हुई मानसिकता
दोहरा चरित्र ओढ़े हुए लोगों के
हाथों में क़ैद
मानवीयता के लिए
किससे कहना है?

उससे जो बेपरवाह हैं
हर एक आवाज़ से
जो जानते हैं कि
कैसे दबाई जाती है
आवाज़
कैसे बदल दिए जाते हैं
प्रतिरोध के स्वर।

जिसे यकीं है कि
हर एक फैसले पर
उसका ही हक़ है
फिर इस बीमार होते
प्रजातंत्र के लिए
किससे कहना है?

❑❑❑

ताकि जलती रहे चिता

मैं लिखना नहीं चाहता
वो अतीत
जो गुमसुम है
दिल के किसी कोने में
न जाने कब से
जो लेना चाहता है आकार
उसे छुपाए रखना चाहता हूँ मैं।

अतीत के सपने
अतीत के संबंध
वर्तमान में खो चुके हैं
वजूद अपना।

बावजूद इसके
अतीत स्वयं को
अभिव्यक्त करना चाहता है
वह सब कुछ कहना चाहता है
जो अनकही रह गई है
दिल में।

कहने-न कहने के इस द्वंद्ध में
कहीं खो गया हूँ मैं भी
या कि तीर गया है
समय मुझमें।

जीवन के इस अर्थ में
खो गए हैं शब्द भी
इसलिए भी नहीं लिख पाता मैं
चाहकर भी।

गुमसुम सवालों को
रखता हूँ अनुत्तरित
ताकि जलती रहे
चिता
दिल में यूँ हीं।

❑❑❑

एक राम और कितने रावण

राम का लंका पर धनुष साधना
अत्याचार के ख़िलाफ़ लड़ना था
अहंकार और दंभ की निरंकुश सत्ता को
देना था माकूल जवाब।

हार जाते राम
मार दिए जाते लक्ष्मण
जला दी जाती सीता
तो कैसे लड़ी जाती
लड़ाई इंसाफ़ की?

क्या बच पाती सुग्रीव की सत्ता
क्या रह जाती अयोध्या सुरक्षित
रावण का दंभ
क्या यहाँ नहीं गूँजता?

अहंकार के भयावह युद्ध में
हारे हुए से दिखते हैं राम
धन, वैभव, हथियार, सेना

सबकुछ में पिछड़े हुए।

राम
कैसे सोचते हैं?
अपनी जीत
हारे हुए मन में
कैसे आता है
जीत का स्वप्न?

क्या रावण सचमुच चाहता था
अपनी पराजय
क्यूँ सीता के लिए
दाँव लगा दी उसने
मंदोदरी की।

कैसे देख पाया वह
इंद्रजीत का वध?
रावण के ज्ञान, बुद्धि, कौशल
को क्यों नहीं भाया
भाई की बातें?

राम ने जीता
पहले स्वयं को
अपने मनोबल को
समय के घनघोर अँधेरे को
भाई के विश्वास को
मित्र के साथ को
संगी-साथी सभी को
अपने प्रेम से
और

सभी ने अर्पित कर दिया
अपना सर्वस्व।

राम-रावण के युद्ध में
अंतत: मारा ही गया रावण
पैदा करके
अनेक रावण।

आज भी हारते-हारते ही जीतते हैं राम
और जीतते-जीतते हार जाता है रावण
शायद इसलिए बची है मनुष्यता
शायद इसलिए जीवित हैं राम
हममें, आपमें, हम सब में
ताकि पराजित होता रहे
रावणी दंभ
पराजित होती रहे पशुता।

एक राम और अनेक रावण के युद्ध में
जीतते रहें राम
जीतते रहें आप
जीतते रहें हम
जीतता रहे हमारा समय।

❑❑❑

दूसरा जीवन

भूख से
बिलबिलाता बच्चा
जब
चिल्ला–चिल्ला कर
बेदम हो रहा होता है
तब
'दुखिया'
के हाथ
माँज रहे होते हैं
जूठन।

ढो रहे होते हैं
मल-मूत्र
जिससे कि
आधी रोटी में
पूरे परिवार
की भूख
को समेटा जा सके।

जब रोटी
ज़िंदगी पर भारी पड़ जाती है
तब दम तोड़ने लगता है बचपन
उजड़ने लगता है
'दुखिया' का संसार
और एक –एक कर
बढ़ने लगते हैं
गिरवी रखने वाले हाथ
फिर भीख
माँगने को मज़बूर
होने लगते हैं
जूठन माँजने वाले हाथ।

समाज के निचले पायदान
पर बैठी 'दुखिया'
आधी रोटी की आस में
पूरा जीवन
बसर करने को विवश होती है।

उसका जीवन
अभिशप्त होता है
सब कुछ सहन करने के लिए
जब तक कि
उसे मिल नहीं जाता
दूसरा जीवन।

❑❑❑

तमाशबीन समाज

सूरज भी
अलग-अलग
आँगन में बँट जाता है
उसकी तपिश
जलाती है हमें
और सूरज के
उजाले के साथ
कई स्याह चेहरे
घूमते हैं
सफ़ेदपोश बनकर।

बँट जाता है
हमारे हिस्से का
हवा, पानी सब कुछ
बंद हो जाते हैं
मंदिर के पट
और तक़दीर
चंद मुट्ठी में।

चौखट पर
फेंक दी जाती है
ज़िंदगी
जैसे रेत पर फेंक दी जाती हैं
मछलियाँ
स्वाद की ख़ातिर।

हमें उजाड़ा जाता है
सफ़ेदपोश चेहरों द्वारा
ताकि बनी रहे
सभ्यता
बची रहे
संस्कृति
और
एक खोखला
तमाशबीन समाज।

❑❑❑

अछूत

सदियों से
रात के स्याह में
गुज़रते हुए
उसने
कभी सोचा ही नहीं कि
दामन सफ़ेद है।

उसे लगा कि
दामन पर
पोत दी गई है
काली रात
और अँधेरे में ही
चलना है उसे
जब तक मिट नहीं जाता
शरीर।

उसे डर लगता है
उजाले से
जिसमें छुपे होते हैं

ख़ौफ़नाक चेहरे
नक़ाब पहने इंसानियत का
जो लूटते हैं
तन-मन-धन सब कुछ
और परछाई
छू जाने पर देते हैं
सरेआम गालियाँ
बरसाते हैं
लात-घूँसा
अधमरा हो जाने तक।

वे इंसान नहीं
अब भी
अछूत कहे जाते हैं
और
तन-मन-धन
लूटने के लिए ही
सभ्य कहे जाने वाले
हाथों द्वारा
छुए जाते हैं।

❑❑❑

अपाहिज मानसिकता

माँ की कोख में
महफ़ूज़ रहती है
पलती है
अबूझ पहेली की तरह
और जीवन
उसे देता है
गुलामी की
अंतहीन ज़ंजीर।

अपाहिज मानसिकता
स्त्री को
पशु
बना देती है
जो नहीं जानती
शोषण
नहीं जानती
अत्याचार
जानती है
सिर्फ़

बिछना रात को
और सुबह
खेत हो जाना।

लहलहाती
फसलों की तरह
काट ली जाती हैं
स्त्रियाँ
और उपयोग के बाद
फेंक दी जाती हैं
जूठे पत्तल की तरह
कूड़ेदान में।

मर्यादा
के नाम पर
अब भी निर्वासित होती हैं
स्त्रियाँ
घर से
समाज से।

समाज की कोख से
जबरन गिराई जाती हैं
स्त्रियाँ
अनचाहे भय में
और
भूख में
खाई जाती हैं
स्त्रियाँ
चटपटे
व्यंजन की तरह।

सूखते तालाब
की तरह हैं
स्त्रियाँ
जो याद की जाती हैं
सभा-संगोष्ठियों में
बड़ी-बड़ी बहसों में
और
चाय की प्याली के साथ
भुला दी जाती हैं
सब अच्छी-अच्छी
बातों की तरह।

❑❑❑

स्त्री

स्त्री
दलित हो जाती है
जब भूल जाती हैं आँखें
सपना देखना ख़ुशहाली का।

जब स्वीकार कर लेता है मन
दुःख, दर्द, अपमान
सब कुछ यूँ हीं।

जब हाथ की रेखाएँ मिट जाती हैं
भूख को मिटाते-मिटाते।

जब उपयोग की वस्तु बन जाती है
स्त्री
तब धरती की तरह रौंद दी जाती है
परंपराओं द्वारा
और आह तक नहीं करती।

स्त्री

जब अस्तित्वहीन हो जाती है
तब दलित हो जाती है
गिरा दी जाती है
समाज की नज़रों से
तब तक
जब तक
हमारी नज़रें ख़ामोश
बनी रहती हैं
जान कर भी
सब कुछ
नहीं देख पातीं
अधूरा सच।

❑❑❑

वही दुःख है

धरती का प्रलय हो
या आसमान बरस रहा हो
या फिर आग झुलसा रही हो
फिर खड़ी हो जाती हैं उम्मीदें।

हर एक गहरे दर्द के बाद
भर ही जाते हैं घाव
चाहे-अनचाहे मन भुला ही देता
हर एक स्मृति।

समय की धार में
सिमट ही जाते हैं
हर एक बवंडर
हर उखड़े पेड़ में
जन्म ले ही लेता है
फिर नन्हा पौधा।

जो देख लेते हैं जीवन को
समय के आर-पार

वे जानते हैं कि
पराए वक़्त में
कैसे जिया जाता है जीवन।

हर नन्हीं चिड़िया के पंख में
सिमटे होते हैं आकाश को छूने के सपने।

सब कुछ सहज है, स्वीकार्य है
ज़िंदगी में, समय में
जो कुछ अस्वीकार्य है
वही दु:ख है।

❑❑❑

मुक्ति

मुक्त करना चाहता हूँ
धर्म से
संप्रदाय से
जाति से
पद से
अहंकार से
हीनता बोध से
दुर्भावना से
समस्त धारणाओं से
सामाजिक बंधनों से
संकीर्ण सोच से
वक़्त से
ख़ुद को।

ताकि देख सकूँ मैं
अपने आत्मस्वरूप को
अपने देवत्व को
स्त्री-पुरुष की सभी
ग्रंथियों से मुक्त होकर।

ताकि मैं बन सकूँ
मनुष्य
पहचान सकूँ
ख़ुद को
ख़ुद के अस्तित्व को
सभी बंधनों से मुक्त होकर।

❑❑❑

सब तुम्हें देता हूँ

मन का भार-अभार
सब तुम्हें देता हूँ।

तृप्त-अतृप्त जीवन के
हर साँस में साथ रहने के
तुम्हारे एहसास को
न भूल पाने का विश्वास
तुम्हें देता हूँ।

कही-अनकही बातों के लिए
हृदय से आभार
तुम्हें देता हूँ।

जो कुछ दे न सका तुम्हें
उसकी होने की दुआ
तुम्हें देता हूँ।

हर जन्म में साथ
देने के लिए
दिल से आवाज़
तुम्हें देता हूँ।

❑❑❑

अपने-अपने हिस्से की धूप

तुमने सोचा कहाँ था कभी
कि मुझे भूल जाने के लिए
तुम्हें छोड़नी होगी अपनी हँसी
और उदास चेहरे पर लानी होगी
मुस्कराहट।

तुमने चाहा कहाँ था कभी
कि अँधेरे में सिमट जाए चाँद
और वक़्त ख़ामोश हो जाए
अपने दिल में सवाल करते-करते।

तुमने देखा कहाँ था कभी
वो दिन जो रात बनकर
सुबह का बेबस इंतज़ार कराती है।

तुमने साथ दिया था कभी
जब साथ अपने ख़ुद भी नहीं था मैं
और आज तुम सामने होकर भी
एक अजनबी हो

यह जानते हुए कि
एक ही रास्ते पर
चलना है हमें
अपने-अपने हिस्से की धूप लेकर।

❑❑❑

अँधेरी आँखें भी देखती हैं

देख सकते हैं वे अंतर्मन से
दुनिया के उजालों में छुपे हुए अँधेरेपन को
हर हाल में उनके पाँव
ढूँढ़ ही लेते हैं कोई न कोई रास्ता
जीवन के घनघोर अँधेरे में भी।

जलता ही रहता है उनके जीवन में
आत्मशक्ति का कोई दीप
उनकी हथेलियों में मौजूद होता है
हर वक़्त कोई न कोई वजूद
ख़ुद को साबित करने का।

दुनिया को रास्ता दिखाने वाली आँखें
जब मौन होती हैं अपने अस्तित्व से
तब वह देखती हैं सपने
संजोती हैं भविष्य तिनका-तिनका जोड़कर
यह जानते हुए भी कि
तोड़ ही लिए जाते हैं फूल

किसी न किसी वज़ह से
वे चलते हैं अक्सर अंगार बनकर
अँधेरी आँखों में नया स्वप्न लेकर।

❑❑❑

जब तुम लिख रहे थे कविता

जब तुम लिख रहे थे कविता
आत्महत्या कर रहे थे किसान
बलात्कार हो रहे थे बहू-बेटियों के
कत्लेआम हो रहे थे धर्म के नाम पर
पर तुम्हारी कविताओं में नहीं था कोई दर्द।

तुम्हारी कविताएँ ढूँढ़ रही थीं
सत्ता के गलियारे
पा रहे थे तुम ढेरों सम्मान
तुम्हारी कविताएँ
सत्ता तंत्र की आकांक्षाएँ हो गई थीं
जिसे न चाहते हुए भी तुम लिख रहे थे
अपनी ही आत्मा के विरुद्ध जी रहे थे
जिससे कि तुम पा सको वह सब
जो आज तक अभाव था।

बिकी हुई लेखनी से गा रहे थे तुम
बिके हुए गीत
अर्थहीन हो गए थे तुम

और तुम्हारी कविताएँ
सार्थक होने की संभावना के साथ
निरर्थक हो गई थीं।

और एक दिन बदलते वक़्त के साथ
बड़ी बेआबरू होकर फेंक दिए गए थे तुम
जहाँ से चलना शुरू किया था तुमने
वहीं कहीं धकेल दिए गए थे तुम।

तुमने जो लिखना चाहा
तुम लिख ही नहीं सके
सत्ता की धार में बह गईं
तुम्हारी अर्थहीन कविताएँ
मुर्दे की तरह
सागर होने की संभावना लिए
सिमट गए थे तुम
सड़े हुए पानी की तरह
पोखर में।

❑❑❑

कटी पतंग

जीवन में
सब कुछ
पाने के बाद
रिक्त
हो गया हूँ मैं
बहुत कुछ खो कर पाना
कभी
भर नहीं पाता
मेरे अधूरेपन को।

सोचता हूँ
कहाँ से चलकर
कहाँ आ गया हूँ मैं
करीब
दिखकर भी
ख़ुद से
बहुत दूर हो गया हूँ मैं
धीरे-धीरे।

जैसे
पतंग को उड़ाने वाले
धागे
छूट ही जाते हैं
बाँध नहीं पाते
आकाश को
और पतंग को
धागे से बंधे रहना
कचोटता है
आकाश की ऊँचाई पर
और वह मिल जाना चाहता है
हवा से
स्वयं के विस्तार के लिए।

ऐसे ही
मैं भी
खो रहा हूँ
मिट रहा हूँ
मिट रहे इंद्रधनुष की तरह
मुझे आकाश की ऊँचाई पर
ले जाने वाले धागे
मेरे सामने ही
सिमटते जा रहे हैं
तेजी से।

और मैं
कटी पतंग की तरह
संभाल नहीं पा रहा हूँ ख़ुद को
मेरी ज़िंदगी
हवा के थपेड़ों

की ग़ुलाम
बन कर रह गई है
जहाँ हवा तो बहुत है
पर
जीने नहीं देती।

❑❑❑

नया सूत्र

स्वयं की आँखों में
जब डूब जाता है
आशा का दीप
और घनघोर
अँधेरे में
चक्रवात की तरह घूमते हैं विचार
तब
अपने मन-मष्तिष्क में
ढूँढ़
ही लेता हूँ
मैं
कोई न कोई
नया रास्ता
जो मुझे
मुझ तक
पहुँचा ही देता है
बिना कहे
बिना सुने
दे ही देता है

जीने का
कोई न कोई
नया सूत्र।

❏❏❏

अस्तित्व

सबसे दु:खद होता है
काम करते-करते
काम
हो जाना
वक़्त की मुट्ठी से
रेत की तरह
फिसल जाना।

अपने प्रतिकार के
शब्द को सुनकर
भी अनसुना कर जाना।

न तोड़ पाना बंधन को
जैसे हाथी बँध जाता है रस्सी से
वैसे ही बँध जाना
दुनियावी संस्कारों से।

ओढ़ लेना दकियानूसी विचारों को
उसकी रक्षा करते-करते

एक दिन बिखर जाना
या यूँ कहें
मिट जाना
अपने अस्तित्व को जाने बिना ही
अपनी आँखों को खोले बिना ही
गहरी नींद में
हमेशा के लिए
सो जाना।

❐❐❐

ख़्वाहिश

मुझमें कम होते जा रहे हैं
प्रेम के शब्द
वो लोग भी कमतर रह गए हैं
जिनसे कहूँ प्रेम
और वो प्रेम ही समझें।

ख़ुद में रिश्तों की कमी
महसूस करने लगा हूँ मैं
तमाम रिश्तों-नातों के बीच
साथ निभाने वाले रिश्ते
अब कम ही बचे हैं।

ज़िंदगी में
जो कुछ भी हासिल किया है मैंने
उसे जीने की भूख भी
अब कम ही बची है।

कम ही बची है
सहनशीलता मुझमें

बात-बेबात ख़ुद को ही
क़ाबू में रखना मुश्किल हो गया है।

अशांति के बीच भी अब
बेशर्म शांति से जीने लगा हूँ मैं
अपनी चुनौतियों से
ख़ुद ही हारने लगा हूँ मैं
कम ही बची है
संवेदना मुझमें
और कम ही बची है
ख़ुद को बदलने की
ख़्वाहिश मुझमें।

❑❑❑

मैं छुपाता हूँ अपने भीतर प्यार

मैं छुपाता हूँ अपने भीतर प्यार
ताकि मैं
मैं रह सकूँ
और तुम
तुम।

मैं छुपाता हूँ अपने भीतर प्यार
ताकि ज़िंदगी के जिस भी
रास्ते पर बढ़ें क़दम
तुम धरती की तरह रहो
और मैं आसमान की तरह
जुदा रहकर भी
साथ-साथ रह सकें हम।

मैं छुपाता हूँ अपने भीतर प्यार
ताकि हमारी भावनाएँ
ज़िंदगी के दो किनारों को छूती भी रहें
और समय की धारा में बहती भी रहें
अपनी पूर्ण पवित्रता के साथ।

मैं छुपाता हूँ अपने भीतर प्यार
ताकि कहे—अनकहे को
अपने दिल में दे सकूँ आवाज़
और तुम मेरी रगों में
बहती ही रहो सदानीरा बनकर।

मैं छुपाता हूँ अपने भीतर प्यार
ताकि घनघोर अँधेरे को
तुम्हारी चौखट का सूरज बना सकूँ
और आलोकित रहो
तुम सदा यूँ हीं।

❐❐❐

अगर तुम मुझे अपना सको

शिखर पर पहुँच कर
कभी सोचा ही नहीं था
कि तुम्हें ही भूल जाना होगा।

तुम ही तो वो बुनियाद थी
जिसकी दहलीज़ के सहारे
बढ़ाया था मैंने
आपने सपने की ओर
पहला क़दम।

उस वक़्त सिर्फ़ तुम थी
और तुम्हारा
बेशुमार प्यार।

वक़्त के इस करवट में
जीवन के जिस शिखर पर
मैं हूँ वहाँ तुम्हारा होना
मेरा असफल हो जाना है।

सोचता हूँ
तुम मेरे जीवन की वह पौध हो
जिसकी जीवनमयी जड़ों को तोड़कर
मेरा शिखर पर होना
बेमानी है।

चाहता हूँ
लौट आऊँ शिखर से
तुम तलक
अगर तुम मुझे अपना सको
शिखर की आपाधापी से दूर
तुम मेरे जीवन को
नया जीवन दे सको।

❑❑❑

www.ingramcontent.com/pod-product-compliance
Lightning Source LLC
LaVergne TN
LVHW100812051026
849519LV00006B/2052
* 9 7 8 9 3 5 8 6 9 5 6 9 4 *